An Prionsa Beag

ANTOINE DE SAINT-EXUPÉRY
a scríobh agus a mhaisigh

Aistriúchán Gaeilge
EOGHAN MAC GIOLLA BHRÍDE

éabhlóid

Bunteideal: *Le Petit Prince*
Údar agus maisitheoir: Antoine de Saint-Exupéry
Aistritheoir: Eoghan Mac Giolla Bhríde
Bunfhoilsitheoirí: Librairie Gallimard, Páras
Dearadh agus clóchur: Caomhán Ó Scolaí
Arna chlóbhualadh in Éirinn ag Johnswood Press Ltd

ÉABHLÓID
Gaoth Dobhair, Tír Chonaill

ISBN: 978-0-956501-66-0

Buíochas le Mícheál Ó Domhnaill, A.J. Hughes agus Guillaume Beauron.

Tá Éabhlóid buíoch d'Fhoras na Gaeilge agus den Chomhairle um Oideachas Gaeltachta agus Gaelscolaíochta as tacaíocht airgeadais a chur ar fáil.

An Chomhairle um Oideachas
Gaeltachta & Gaelscolaíochta

Foras na Gaeilge

An Prionsa Beag

Le héaló, creidimse gur bhain sé úsáid as scaoi éanacha fiáine a bhí ag gabháil ar imirce.

DO LEÓN WERTH

Gabhaim pardún ag na páistí gur thiomnaigh mé an leabhar seo do dhuine fásta. Tá leithscéal maith agam: tá an duine fásta seo ar an chara is fearr atá agam ar domhan. Tá leithscéal eile agam: tuigeann an duine fásta seo achan rud, fiú leabharthaí do pháistí. Tá an tríú leithscéal agam: tá an duine fásta seo ina chónaí sa Fhrainc, áit atá fuar agus ocrach. Tá tógáil croí a dhíth go mór air mar sin de. Muna bhfuil go leor sna leithscéalta seo uilig ba mhaith liom an leabhar a thiomnú don pháiste as ar fhás an duine fásta seo. Páistí a bhí sna daoine fásta uilig, lá den tsaol. (Cé nach cuimhin le mórán acu é.) Seo mo thiomnú ceartaithe, mar sin:

DO LEÓN WERTH
nuair a bhí sé ina pháiste.

NÓTA FÁN AISTRIÚCHÁN

An chéad uair a tháinig mé trasna ar *Le Petit Prince* ba leagan Spáinnise a bhí ann agus mé ag iarraidh an teanga sin a fhoghlaim. Chuaigh an leabhar i bhfeidhm orm agus thoisigh mé á aistriú go Gaeilge mar go raibh mé ag iarraidh na mothúcháin agus na smaointe atá ann a chur i mo theanga féin. Ba í an aidhm a bhí agam leis an aistriúchán, mar sin, leagan Ghaeilge Chúige Uladh a dhéanamh a bheadh dílis don dóigh a labhrann muintir Chúige Uladh. Bhí mé ag iarraidh leagan den scéal a chur ar fáil i gcanúint na nUltach, agus go mbeadh blas nádúrtha air. Bhí mé meabhrach gur leabhar í a léitear os ard go minic, agus tuismitheoirí á léamh dá gcuid páistí. Bhí an ghné seo ar m'intinn agus mé ag déanamh an aistriúcháin. Thug mé faoi aistriúchán a dhéanamh a thiocfaí a léamh amach go nádúrtha agus d'fhiach mé a theacht ar fhocail agus ar abairtí a chuirfeadh simplíocht agus soineantacht an bhunleagain Fraincise in iúl chomh maith is a thiocfadh liom.

Níor mhaith liom aistriúchán a dhéanamh a bheadh róchanúnach ná lán de nathanna cainte logánta, nó chuirfeadh sin isteach ar shoiléireacht agus ar ghlaineacht an bhunleagain, agus ar an bhunús sin, bhí orm cinntí áiride a dhéanamh. Cé gur úsáid mé focail atá nádúrtha do chanúint Chúige Uladh, rinne mé iarracht úsáid a bhaint as focail choitianta. Bhí corrfhocal canúnach nach dtiocfadh liom a sheachaint, mar sin féin, má bhí mé leis an chéad aidhm a bhaint amach, m.sh. *bocsa* (bosca), *inteacht* (éigin), *goitse* (tar anseo), *caidé* (cad é) agus araile. Os a choinne sin, bhí orm a theacht ar chupla comhréiteach leis an litriú, m.sh. d'úsáid mé na leaganacha Caighdeánacha *deoir, freagra, idir, sliogán, sampla* agus *traein* in áit na leaganacha canúnacha *deor, freagar, eadar, sligeán, sompla* agus *traen*. In áiteacha eile mheas mé gurbh fhearr fanacht dílis don fhoghraíocht m.sh. thogh mé *pioctúir* in ionad *pictiúr*, mar go bhfuil an focal *pioctúir* leathan ar gach taobh den -t- i nGaeilge Uladh; ach fosta, is *pioctúirí* is mó a chluintear mar iolra (cluintear *pioctúireacha* chomh maith), agus níl sé nádúrtha againn an focal *pictiúir* a úsáid mar iolra; mar sin, mheas mé gur *pioctúir* an leagan ab fhearr don aistriúchán seo.

I dtaca leis an bhriathar, shocraigh mé cloí leis na deirí Ultacha san Aimsir Fháistineach agus sa Mhodh Choinníollach .i. **-eochaidh / -óchaidh** san Aimsir Fháistineach, agus **-eochadh / -óchadh** sa Mhodh Choinníollach. Mar shampla, d'úsáid mé *amharcóchaidh, cuartóchaidh, fanóchaidh* agus *tarraingeochaidh* in áit *amharcfaidh, cuartóidh, fanfaidh* agus *tarraingeoidh* san Aimsir Fháistineach agus sa Mhodh Choinníollach d'úsáid mé mar shampla *choinneochadh, d'inseochadh, mhíneochadh* agus *tharlóchadh* in áit *choinneodh, d'inseodh, mhíneodh* agus *tharlódh*.

Is beag focal sa téacs nach bhfuil teacht air i bhfoclóir Gaeilge-Béarla Uí Dhónaill mar cheannfhocal nó mar leagan malartach. Tá gluais ar chúl an leabhair leis an mhórchuid de na focail chanúnacha agus a bhfoirmeacha sa Chaighdeán Oifigiúil lena dtaobh, le go mbeadh an léitheoir ábalta a theacht orthu go furast.

Eoghan Mac Giolla Bhríde
Meán Fómhair 2015

UAIR AMHAIN, nuair a bhí mé sé bliana d'aois, chonaic mé pioctúir iontach i leabhar fán fhoraois chianaosta, darbh ainm *Scéalta Fíora*. Sa phioctúir, bhí nathair buachrapaire ag slogadh siar ainmhí. Seo thuas cóip den phioctúir.

Dúradh sa leabhar: 'Slogann na nathracha buachrapaire siar a seilg ina hiomláine, gan í a chogaint. Ina dhiaidh sin, ní bhíonn siad ábalta bogadh a thuilleadh agus codlaíonn siad ar feadh shé mí, a fhad agus a bhíonn siad ag díleá an bhia.'

Chuir seo ag meabhrú go domhain mé faoi eachtraí na foraoise agus, le pionsail daite, d'éirigh liom sa deireadh mo chéad phioctúir a tharraingt. Mo Phioctúir Uimhir a hAon. Seo mar a tháinig sé amach:

Thaispeáin mé mo bharrshaothar do na daoine fásta agus chuir mé ceist orthu ar scanraigh mo phioctúir iad.

Is é an freagra a thug siad orm: 'Cad chuige a mbeadh eagla ar dhuine roimh phioctúir de hata?'

Ní pioctúir de hata a bhí ann ar chor ar bith ach pioctúir de nathair ag díleá eilifinte. Rinne mé pioctúir eile, mar sin, den taobh istigh den nathair, sa dóigh is go dtuigfeadh na daoine fásta. Caithfear achan rud a mhíniú do na daoine fásta. Seo mar a tháinig mo Phioctúir Uimhir a Dó amach:

Mhol na daoine fásta domh mo chuid pioctúirí de nathracha,

bíodh siad den taobh istigh nó den taobh amuigh, a fhágáil ar leataobh agus mo chroí a chur sa tíreolas, sa stair, sa chalcalas agus sa ghramadach. Agus sin an tuige ar chaith mise uaim slí bheatha iontach mar phéintéir, is gan mé ach sé bliana d'aois. Is é an rud a tharla nó gur bhuail beaguchtach mé cionnas nár éirigh rómhaith le mo Phioctúir Uimhir a hAon ná le mo Phioctúir Uimhir a Dó. Ní thuigeann na daoine fásta rud ar bith astu féin, agus is maslach an obair í do pháistí a bheith ag míniú rudaí daofa arís is arís.

Mar sin de, bhí orm slí bheatha eile a phiocadh agus d'fhoghlaim mé a bheith i mo phíolóta eitleáin. D'eitil mé thart ar an domhan uilig, chóir a bheith. Agus caithfidh mé a ráit go raibh an tíreolas ina chuidiú mhór agam. Bheinn ábalta an difear a aithint idir an tSín agus Arasóna ar aon amharc amháin. Seo eolas atá iontach úsáideach má chailltear i lár na hoíche thú.

Is iomaí duine iontach dáiríre a casadh orm i rith mo shaoil ar an dóigh seo. Chaith mé cuid mhór ama i measc daoine fásta agus chuir mé na seacht n-aithne orthu. Scrúdaigh mé iad os mo chomhair amach. Ach is beag a d'athraigh sin mo thuairim orthu.

Nuair a bhuailinn le duine a raibh cuma rud beag géarchúiseach air, thaispeánainn Pioctúir Uimhir a hAon dó, nó choinnigh mé i dtaisce liom i dtólamh é. Bhí mé ag iarraidh fáil amach an duine fíorthuigsineach é. Ach, bheireadh sé an freagra céanna i gcónaí: 'Sin hata!' Ní labhrainn choíche le duine mar sin fá nathracha, fá fhoraoiseacha ná fá réaltógaí. D'fhágainn na rudaí sin ar leataobh. Labhrainn leis fá bheiriste, fá ghalf, fá pholaitíocht agus fá charabhataí. Agus bhí an duine fásta sin iontach sásta gur chas sé féin le duine chomh céillí liom.

II

Mhair mé liom féin, mar sin, gan duine ar bith agam a dtiocfadh liom labhairt leis mar is ceart, go dtí tá sé bliana ó shin, nuair a bhí timpiste agam i m'eitleán amuigh i ngaineamhlach an tSahára. Rud inteacht a bhris san inneall. Agus ó tharla gan meicneoir ná paisinéir a bheith liom, rinne mé iarracht an obair dheacair chóiriúcháin a dhéanamh mé féin. Ba cheist báis nó beatha í agus ní raibh agam ach oiread uisce agus a choinneochadh an tart uaim ar feadh ocht lá.

An chéad oíche, chodlaigh mé ar an ghaineamh, na mílte míle ó áit chónaithe ar bith. Bhí mé chomh scoite le mairnéalach longbhriste ar rafta i lár na farraige móire. Mar sin de, is furast duit a shamhailt an t-iontas a bhí orm maidin lá arna mhárach, le héirí gréine, nuair a mhuscail glór beag greannmhar mé. Arsa seisean:

'Le do thoil ... tarraing pioctúir de chaora domh!'

'Caidé?'

'Tarraing caora domh....'

Léim mé i mo sheasamh mar bhuailfí le splanc soilse mé. Chuimil mé mo shúile go maith. D'amharc mé thart orm féin go géar. Chonaic mé fear beag iontach neamhchoitianta ag amharc aníos go stuama orm. Seo chugaibh an phortráid is fearr dar éirigh liomsa a tharraingt de, lá níos faide anonn. Ach, is fíor nach bhfuil mo phioctúir chomh haoibhinn leis an duine bheag é féin. Chan mise is ciontaí leis sin. Nuair a bhí mé sé bliana d'aois, chaill mé m'uchtach uilig mo shaol a chaitheamh mar phéintéir mar gheall ar na daoine fásta, agus char fhoghlaim mé ariamh cén dóigh le rud ar bith a tharraingt, diomaite de nathracha ón taobh istigh agus nathracha ón taobh amuigh.

Stán mé ar an radharc seo a tháinig romham agus mo chuid súl mór le hiontas. Ná déan dearmad gur thit mé anuas i lár an fhásaigh, na mílte míle ó áit chónaithe ar bith. Ach, mar sin féin, ní raibh cuma ar mo dhuine bheag go raibh sé caillte ná marbh tuirseach, ná go raibh sé marbh le hocras, ná marbh le tart, ná marbh le heagla. Ní raibh sé ar dhóigh ar bith cosúil le páiste a bhí caillte i lár an fhásaigh na mílte míle ó áit chónaithe ar bith. Nuair a tháinig mé chugam féin sa deireadh, dúirt mé:

'Ach … caidé tá tusa a dhéanamh anseo?'

Agus d'fhreagair sé arís, go socair suaimhneach, mar bheadh sé iontach dáiríre fá dtaobh de:

'Le do thoil, tarraing pioctúir de chaora domh….'

Nuair atá rud chomh mistéireach sin romhat, caithfear déanamh mar a iarrtar ort. Más amaideach a mhothaigh mé ag an am, agus mé na mílte míle ó áit chónaithe ar bith, agus mé i gcontúirt an bháis, thóg mé leathanach páipéir agus peann as mo phóca. Chuimhnigh mé ansin gur dhírigh mise mo chuid staidéir uilig isteach ar an tíreolas, ar an stair, ar an chalcalas agus ar an ghramadach, agus dúirt mé leis an diúlach bheag (agus rud beag de dhrochspionn orm) nach raibh a fhios agam cén dóigh le pioctúirí a tharraingt. Thug sé freagra orm:

'Is cuma fá sin, tarraing pioctúir de chaora domh….'

*Seo chugaibh an phortráid is fearr dar éirigh
liomsa a tharraingt de, lá níos faide anonn.*

Ach, ó tharla nár tharraing mé pioctúir de chaora ariamh aroimhe, tharraing mé ceann den dá phioctúir dó a raibh cleachtadh agam orthu — an pioctúir den nathair ón taobh amuigh. Agus nach mór m'iontas nuair a chuala mé freagra an fhir bhig:

'Ní hé, ní hé. Níl mé ag iarraidh eilifint agus í taobh istigh de nathair. Tá nathair iontach contúirteach, agus eilifint, tá sí iontach anásta. San áit a gcónaímse, tá achan rud iontach beag. Caora atá uaim. Tarraing caora domh.'

Mar sin de, tharraing mé pioctúir.

D'amharc sé go cúramach air agus dúirt:

'Ní hé. Tá an chaora sin iontach tinn cheana féin. Déan ceann eile.'

Tharraing mé ceann eile.

Rinne mo chara gáire beag caoin agus dúirt go foighdeach:

'Feiceann tú go maith nach caora í seo, ach reithe. Tá adharca air….'

Rinne mé pioctúir eile mar sin de:

Ach níor ghlac sé leis, dálta na gceann eile roimhe sin:

'Tá an ceann seo róshean. Ba mhaith liomsa ceann a mhairfeas tamall fada.'

Leis sin, agus díth na foighde ag cur cruaidh orm mar go raibh deifre mhór orm m'inneall a bhaint as a chéile, bhreac mé síos an sceitse garbh seo.

Agus chaith mé chuige mar mhíniúchán:

'Seo bocsa s'aige. Tá an chaora a d'iarr tú istigh sa bhocsa.'

Ach bhí iontas orm aghaidh mo bhreith-imh bhig a fheiceáil ag lasadh suas:

'Sin go díreach an rud a bhí uaim.

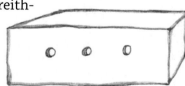

An measann tú go mbeidh cuid mhór féir a dhíth ar an chaora seo?'

'Cad chuige?'

'Mar san áit a bhfuil mise i mo chónaí tá achan rud iontach beag....'

'Beidh a sáith ann, cinnte; caora iontach beag a thug mé duit.'

Chrom sé a cheann thaire an phioctúir:

'Níl sí chomh beag agus.... Amharc! Chuaigh sí a chodladh....'

Agus sin an dóigh ar chuir mise aithne ar an phrionsa bheag.

III

Bhain sé tamall fada asam a thuigbheáil cá has a dtáinig sé. Cé gur chuir an prionsa beag seo go leor ceisteanna orm, bhí cuma airsean nár chuala sé na ceisteanna a chuir mise air. Fríd rudaí a dúirt sé de sheans a thoisigh an scéal a theacht chun cinn, giota ar ghiota. Cuir i gcás, nuair a chonaic sé m'eitleán den chéad uair (ní tharraingeochaidh mé pioctúir de m'eitleán, nó sin pioctúir atá ródheacair agamsa a tharraingt) d'fhiafraigh sé díom:

'Caidé an rud seo?'

'Ní rud é sin. Thig leis eitilt. Eitleán atá ann. Sin m'eitleánsa.'

Agus, bhí mé breá bródúil as inse dó go raibh mé ábalta eitilt. Ach, ansin scairt sé amach:

'Caidé? Thit tú as an spéir?'

'Thit!' arsa mise go modhúil.

'Ó, nach greannmhar sin...!'

Agus lig an prionsa beag racht breá gáire as, rud a chuir isteach go mór

15

ormsa. B'fhearr liomsa dá mbeadh an aird cheart ag daoine ar mo chuid tubaistí. Ansin arsa seisean:

'Thit tusa as an spéir fosta, mar sin de. Cé acu ceann do phláinéadsa?'

Agus leis sin, soilsíodh solas ar an mhistéir go raibh sé ansin i mo láthair agus d'fhiafraigh mé de go giorraisc:

'As pláinéad eile thú féin, mar sin de?'

Ach freagra ní bhfuair mé. Chroith sé a cheann go héadrom, ag coinneáil a shúl ar an eitleán:

'Tá sé soiléir nach dtáinig tú i bhfad sa rud sin....'

Agus lig sé ceann scaoilte le haisling a mhair tamall fada. Ansin, ag tógáil mo chaorach as a phóca, thoisigh sé a mhachnamh go domhain air mar a bheadh taisce ann.

Is furast duit a shamhailt cé chomh fiosrach agus a d'éirigh mé i ndiaidh na leathadmhála sin a rinne sé fá na 'pláinéid eile'. Rinne mé iarracht mhór, mar sin, tuilleadh eolais a fháil fán scéal.

'Cá has tú, a fhir bhig? Cá bhfuil d'áit chónaithe? Cá bhfuil tú ag tabhairt mo chaora bheag?'

I ndiaidh tost fada smaointeach, d'fhreagair sé mé:

'An rud is fearr fán bhocsa sin a thug tú domh ná go mbeidh sí ábalta é a úsáid mar theach san oíche.'

'Is fíor sin. Agus má bhíonn tú maith, bhéarfaidh mé téad duit fosta a mbeidh tú ábalta í a cheangal leis sa lá. Agus bacán leis an téad a cheangal air.'

Tháinig cuma mhíshásta ar an phrionsa bheag leis an mholadh seo.

'Í a cheangal? A leithéid de nóisean!'

'Ach muna gcuire tú ar téad í, rachaidh sí ar seachrán agus caillfidh tú í....'

Agus thoisigh mo chara beag a gháire arís.

An prionsa beag ar an mhionphláinéad B612.

'Ach, cá háit a bhfuil tú ag déanamh a rachadh sí?'

'Ní miste cá háit! Imeacht léi amach i mbéal a cinn....'

Ansin, arsa an prionsa beag, óna chroí amach:

'Is cuma fá sin, tá achan rud iontach beag san áit a bhfuil mise i mo chónaí!'

Agus, b'fhéidir le tocht beag ina ghlór, arsa seisean:

'Imeacht leat i mbéal do chinn, ní fhéadfá a ghabháil i bhfad...!'

IV

Sin mar a d'fhoghlaim mé an dara rud fíorthábhachtach: ní raibh an pláinéad as a dtáinig an prionsa beag mórán níos mó ná teach!

Níor chuir seo mórán iontais orm. Diomaite de na pláinéid mhóra mar an Domhan, Iúpatar, Mars, Véineas, a bhfuil ainmneacha curtha againn orthu, bhí a fhios agam go maith go raibh na céadta pláinéad eile ann

fosta, cuid acu chomh beag agus gur dheacair iad a fheiceáil le teileascóp. Nuair a thig réalteolaí ar cheann úr acu seo, bheir sé uimhir mar ainm air. Ainm mar 'mionphláinéad 3251' mar shampla.

Tá údar maith agam a chreidbheáil gur as an mhionphláinéad B612 an prionsa beag. Duine

amháin ariamh a chonaic an pláinéad seo, réalteolaí Turcach a tháinig trasna air le teileascóp in 1909.

I dtaispeántas mór a thug sé ag Comhdháil Idirnáisiúnta Réalteolaíochta, thug sé léirchruthú ar an mhéid a bhí faighte amach aige. Ach níor chreid duine ar bith é siocair an t-éideadh a bhí air. Sin an dóigh a bhfuil na daoine fásta.

Go hádhúil do chliú mhionphláinéad B612, chuir deachtóir Turcach dlí ar na daoine, ar phionóis an bháis, go gcaithfeadh siad a n-éideadh a athrú go cultacha Eorpacha. Thug an réalteolaí a thaispeántas arís in 1920, gléasta i gculaith ghalánta. Agus an uair seo, bhí achan duine sásta glacadh lena thuarascáil.

Más rud é gur inis mé daoibh fá mhionphláinéad B612 agus gur luaigh mé a uimhir libh, is ar mhaithe leis na daoine fásta a rinne mé é. Is maith leis na daoine fásta figiúirí. Nuair a insíonn tú daofa go bhfuil cara úr agat, ní chuireann siad choíche ceisteanna ort fá na rudaí is tábhachtaí. Ní fhiafraíonn siad choíche díot: 'Cén cineál gotha atá aige? Caidé na cluichí is fearr leis? An mbíonn sé ag bailiú féileacán?' Ina áit sin cuireann siad na ceisteanna: 'Cén aois atá aige? Cá mhéad dearthair atá aige? Cén meáchan atá ann? Cá mhéad airgid a shaothraíonn a athair?' As na figiúirí sin amháin a chuireann siad aithne air, dar leo. Dá ndéarfá le duine fásta: 'Chonaic mé teach álainn déanta de bhrící dearga, le bláthanna

19

geiréiniam sna fuinneoga agus colmáin ar an díon,' ní bheadh siad ábalta an teach sin a shamhailt. Chaithfeá a ráit leo: 'Chonaic mé teach arbh fhiú céad míle franc é.' Agus déarfadh siad ansin go hard: 'Nach é atá galánta!'

Mar sin féin, dá ndéarfá leo: 'An cruthúnas go raibh an prionsa beag ann ná go raibh sé aoibhiúil, go dtearn sé gáire, agus go raibh sé ag iarraidh caorach. Nuair atá duine ag iarraidh caorach, sin cruthúnas go bhfuil an duine sin ann.' Chroithfeadh siad a nguailneacha agus chaithfeadh siad leat amhail is gur páiste thú. Ach, dá ndéarfá leo: 'Is as mionphláinéad B612 an prionsa beag,' ní bheadh ceist acu faoi agus gheofá faoiseamh ón cheastóireacht. Sin an dóigh a bhfuil siad. Níl neart acu féin air. Caithfidh páistí foighid fhada a bheith acu leis na daoine fásta.

Ach, is cinnte, dúinne a thuigeann an saol, gur cuma linne fá fhigiúirí! Ba dheas dá dtiocfadh liom an scéal seo a thoiseacht mar a thoisíonn na finscéalta eile. Ba mhaith liom a ráit: 'Bhí an prionsa beag seo ann uair amháin agus bhí sé ina chónaí ar phláinéad beag nach raibh mórán níos mó ná é féin, agus bhí sé ag cuartú carad….' Daofa siud a thuigeann an saol, bheadh níos mó de bhlas na fírinne air sin.

Níor mhaith liom dá nglacfaí go héadrom le mo leabhar. D'fhulaing mé barraíocht cumhaidhe ag cur síos na gcuimhní seo. Tá sé bliana caite cheana féin ó d'fhág mo chara mé, é féin agus a chaora. Má ghním iarracht a chosúlacht a thabhairt anseo, ghním é sa dóigh is nach ndéanaim dearmad de choíche. Is brónach an rud é dearmad a dhéanamh de chara. Chan achan duine a raibh cara aige. Agus má ghním dearmad de, éireochaidh mé cosúil leis na daoine fásta eile uilig nach bhfuil suim acu i rud ar bith ach i bhfigiúirí. Sin an tuige ar cheannaigh mé bocsa péinteanna agus pionsailí. Is deacair toiseacht a tharraingt pioctúirí arís ag m'aois-se, go háirid ó tharla gan iarracht ar bith eile déanta agam ach an léaráid den nathair ón taobh amuigh agus an ceann den nathair ón taobh istigh, agus ba sin ag sé bliana d'aois! Ar ndóigh, dhéanfaidh mé mo dhícheall portráidí a dhéanamh a thaispeánann a chosúlacht chomh maith agus is féidir. Ach níl mé iomlán cinnte go n-éireochaidh liom. Tiocfaidh léaráid amháin amach go breá, agus ní bheidh cosúlacht ar bith leis le feiceáil sa cheann eile. Ghním corrmheancóg fán airde a bhí sa phrionsa bheag fosta. Sa cheann seo, tá an prionsa beag ró-ard. Sa cheann eile, tá sé róbheag. Tá amhras orm fá dhath a chulaithe chomh maith. Bím ag útamáil liom mar sin chomh maith is a thig liom. Ina dhiaidh sin is uile, is cinnte go mbeidh mé contráilte ar fad fá chuid de na sonraí is tábhachtaí. Ach beidh oraibh é seo a mhaitheamh domh. Níor mhínigh mo chara rud ar bith domh. Shíl sé, b'fhéidir, go raibh mise cosúil leis féin. Ach, níl a fhios agamsa, faraor, cén dóigh le caora a fheiceáil fríd bhallaí bocsa. B'fhéidir go bhfuil mé rud beag cosúil leis na daoine fásta. Caithfidh sé go dtáinig an aois orm.

V

Achan lá d'fhoghlaimínn rud inteacht fá phláinéad an phrionsa bhig, fá mar a d'fhág sé é, fán turas a bhí aige. Thigeadh an t-eolas go mall, de réir mar a thigeadh na smaointe isteach ina cheann de sheans. Mar seo a d'fhoghlaim mé, ar an tríú lá, fá thubaiste na mbaobabanna.

An uair seo, a bhuíochas ar an chaora arís, nó, go tobann d'fhiafraigh an prionsa beag díom, faoi mar bheadh amhras mór i ndiaidh a theacht air:

'Tá sé fíor, nach bhfuil, go n-itheann caoirigh tomanna beaga?'

'Itheann. Tá sin fíor!'

'Ó, tá lúcháir orm fá sin!'

Níor thuig mé cad chuige a raibh sé chomh tábhachtach go n-íosfadh caoirigh tomanna beaga. Ach, arsa an prionsa beag:

'Bheadh sé le ciall fosta, mar sin, go n-itheann siad baobabanna?'

B'éigean domh tabhairt le fios don phrionsa bheag nach tomanna beaga a bhí sna baobabanna, ach crainn mhóra, chomh mór le tithe pobail, agus fiú dá dtabharfadh sé tréad eilifintí leis, nach dtiocfadh leis an tréad iomlán baobab amháin féin a ithe ina iomláine.

Thug an scéal fán tréad eilifintí ar an phrionsa bheag a ghabháil a gháire:

'Bheadh orainn iad a chur ar mhullach a chéile,' a dúirt sé.

Ach ansin dúirt sé go críonna:

'Na baobabanna, sula n-éirí siad mór, bíonn siad beag.'

'Is fíor duit! Ach, cad chuige ar mhaith leat go n-íosfadh caoirigh na baobabanna beaga?'

'Seo leat anois!' a dúirt sé liom, amhail is go raibh réiteach na ceiste iontach soiléir. Ach bhí orm machnamh go domhain leis an cheist seo a fhuascailt as mo stuaim féin.

Ar phláinéad an phrionsa bhig, de réir mar a d'fhoghlaim mé, tá plandaí maithe agus drochphlandaí — mar atá ar na pláinéid uilig. Dá bhrí sin, tig pórtha maithe as na plandaí maithe agus drochphórtha as na drochphlandaí. Ach tá na pórtha dofheicthe. Codlaíonn siad i gcroí rúnda na créafóige go dtí go smaointíonn ceann acu muscladh … ansin

síneann sé é féin agus péacann sé amach craobhóg bheag dheas aoibhinn go faiteach i dtreo na gréine. Muna bhfuil ann ach craobhóg raidise nó róis, ligfear dó fás cibé áit is maith leis. Ach más drochphlanda é, caithfear é a mhilleadh a luaithe agus is féidir, a luaithe agus a bhéarfar fá dear é.

Anois, bhí corrphór iontach olc ar phláinéad an phrionsa bhig … ba iad sin pórtha na mbaobabanna. Bhí créafóg an phláinéid lán daofa. Agus muna dtig tú ar an bhaobab luath, ní bhfaighidh tú réitigh dó go brách. Spréann sé ar fud an phláinéid uilig. Roiseann sé fríd an phláinéad lena rútaí. Agus má tá an pláinéad róbheag agus barraíocht baobabanna ann, strócann siad an pláinéad as a chéile.

'Is ceist féinsmachta é,' arsa an prionsa beag liom ina dhiaidh sin. 'A luaithe is a bhíonn tú réidh do do chóiriú féin ar maidin ba chóir duit toiseacht a thabhairt aire do do phláinéad.

Caithfidh tú a bheith cinnte na baobabanna a tharraingt go rialta, a luaithe is a thig leat iad a aithint ó na rósanna a mbíonn siad an-chosúil leo agus iad iontach óg. Obair mhillteanach leadránach atá ann ach tá sé iontach furast a dhéanamh.'

Agus, lá amháin, mhol sé gur chóir domhsa pioctúir galánta a tharraingt a mhíneochadh do na páistí uilig san áit a bhfuil mé i mo chónaí caidé go díreach mar atá an scéal ar a phláinéad. 'Dá dtéadh siad ann ar thuras lá inteacht, bheadh an pioctúir sin ina chuidiú mhór acu. Corruair níl dochar ar bith do chuid oibre a chur go hathlá, ach nuair a bhíonn tú ag plé le baobabanna, bíonn drochdheireadh air sin i dtólamh. Bhí eolas agam ar an phláinéad eile seo, uair amháin, áit a raibh falsóir ina chónaí. Lig sé do thrí thom bheaga a dhul chun sioparnaí....'

Mar sin de, tharraing mé pioctúir den phláinéad sin de réir mar a chuir an prionsa beag síos air domh. Ní maith liom a bheith ag seanmóireacht. Ach is beag duine a thuigeann contúirt na mbaobabanna i gceart agus dá mbeadh duine ar bith caillte ar mhionphláinéad, ní thuigfeadh sé an méid dainséir ina raibh sé, dá bhrí sin, den uair seo amháin, tá mé ag gabháil a ligint mo stuaim le gaoth. Deirimse libhse: 'A pháistí! Faichilligí ar na baobabanna!'

Le rabhadh a thabhairt do mo chairde ar an chontúirt atá chomh cóngarach seo dúinn, i ngan fhios dúinn féin le tamall fada, a chuir mé an oiread sin oibre sa phioctúir seo. B'fhiú an saothar é leis an cheacht atá le foghlaim as. B'fhéidir go gcuirfeadh sibh ceist orm: 'Cad chuige nach bhfuil pioctúir ar bith eile sa leabhar chomh breá agus chomh hálainn leis an phioctúir seo de na baobabanna?' Tá an freagra breá simplí: Rinne mé mo dhícheall, ach char éirigh liom. Nuair a bhí mé ag tarraingt na mbaobabanna, bhí m'aigne te agus mo chroí bogtha le téirim.

Na baobabanna

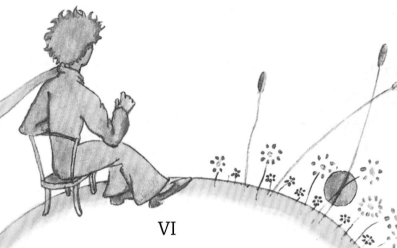

VI

Ó! A phrionsa bhig, de réir a chéile
a thoisigh mé a bhaint céille as do shaol
bheag bhrónach. Cha raibh agat ar feadh i bhfad
mar chaitheamh aimsire ach aoibhneas luí na gréine.
Ba ar maidin an cheathrú lá a fuair mé amach an giota úr
eolais sin, nuair a dúirt tú liom:

'Is maith liom go mór luí na gréine. Seo linn go bhfeicfimid
luí na gréine....'

'Ach caithfidh muid fanacht,' a dúirt mise.

'Fanacht le caidé?'

'Fanacht go rachaidh an ghrian a luí.'

Ar tús, shílfeá go raibh do sháith iontais ort, ansin rinne
tú gáire beag leat féin. Agus dúirt tú liom:

'Bím i dtólamh ag déanamh gur sa bhaile atá mé!'

Dar ndóigh. Nuair atá sé ina mheán lae sna
Stáit Aontaithe, tá a fhios ag an domhan
mhór go bhfuil an ghrian ag
gabháil faoi

sa Fhrainc. Dá dtiocfadh leat a ghabháil go dtí an Fhrainc i bpreabadh na súl thiocfadh leat a bheith ann in am do luí na gréine. Ar an drochuair, tá an Fhrainc i bhfad rófhada ar shiúl leis sin a dhéanamh. Ach, ar do phláinéad bheagsa, mar sin, níl le déanamh agat ach do chathaoir a bhogadh cupla céim. Agus thig leat an clapsholas a fheiceáil am ar bith is mian leat....

'Lá amháin, chonaic mise an ghrian ag gabháil a luí ceathracha trí iarraidh!'

Agus, rud beag níos moille, dúirt tú fosta:

'Tá a fhios agat ... nuair a bhíonn tú iontach brónach, bíonn dúil mhór agat i luí na gréine....'

'An é go raibh tú iontach brónach, lá na gceathracha trí luí gréine?'

Ach níor thug an prionsa beag freagra ar bith orm.

VII

Ar an chúigiú lá, a bhuíochas sin ar an chaora arís, nochtadh rún eile fá shaol an phrionsa bhig. I dtobainne, gan rabhadh ar bith, d'fhiafraigh sé díom, mar bheadh an cheist i ndiaidh éirí as tréimhse fhada mhachnaimh ar an tsuaimhneas:

'Cuir i gcás, má itheann caora tomanna, an amhlaidh go n-itheann sí bláthanna fosta?'

'Itheann caora rud ar bith a dtig sí trasna air.'

'Fiú amháin bláthanna a bhfuil dealga orthu?'

'Is é, fiú amháin bláthanna a bhfuil dealga orthu.'

'Agus, na dealga, mar sin de — caidé an úsáid atá leo?'

Ní raibh a fhios agam. Ag an bhomaite chéanna sin, bhí mé iontach gnaitheach ag iarraidh bolta a bhí greamaithe i m'inneall a scaoileadh. Bhí mé iontach imníoch nó bhí an chuma ag teacht ar an scéal gur dochar iontach tromchúiseach ar fad a rinneadh do m'eitleán agus bhí a laghad sin uisce fágtha agam le hól nárbh iontas ar bith é go raibh eagla mo bháis orm.

'Na dealga, caidé an úsáid atá leo?'

Níor lig an prionsa beag ariamh ceist i ndearmad an uair amháin a bhí an cheist curtha aige. I dtaca liomsa de, bhí mé fríd a chéile go maith mar gheall ar an bholta sin agus dúirt mé an chéad rud a tháinig isteach i mo cheann:

'Na dealga, níl úsáid ar bith leo, le tréan drochruda atá na dealga ar na bláthanna.'

'Ó!'

Ach i ndiaidh tost gairid, tháinig sé ar ais chugam arís go beo le cineál doichill romham:

'Ní chreidim thú! Rudaí laga iad na bláthanna. Tá siad soineanta. Bheir siad misneach daofa féin chomh maith is a thig leo. Creideann siad gur rudaí fíochmhara iad lena gcuid dealg.'

Cha dtug mise freagra ar bith. Ag an bhomaite sin bhí mé ag smaointiú: 'Muna mboga an diabhal bholta sin an iarraidh seo, tá mé ag gabháil a bhualadh amach le buille de chasúr.' Chuir an prionsa beag isteach ar mo chuid smaointe an athuair:

'Agus creideann tusa go bhfuil na bláthanna....'

'Ní chreidim, ní chreidim. Ní chreidim rud ar bith. Dúirt mé an chéad rud a tháinig isteach i mo cheann. Tá mé tógtha, tá sin, le rudaí dáiríre!'

D'amharc sé orm agus é ina bhéal gan smid.

'"Rudaí dáiríre"!'

Bhí sé ag coimheád orm, mo chasúr i mo lámh, mo mhéara dubh le hola, cromtha thaire rud a raibh cuma ghránna air.

'Tá tú ag caint cosúil leis na daoine fásta!'

Chuir sin náire bheag orm. Ach, lean sé ar aghaidh, gan truaighe gan trócaire domh:

'Meascann tusa achan rud suas … bíonn achan rud fríd a chéile agat!'

Bhí fearg mhór air gan amhras. Chroith sé a ghruaig chatach óir sa ghaoth:

'Tá eolas agamsa ar phláinéad a bhfuil fear le haghaidh dhearg ina chónaí air. Níor bhain sé ariamh boladh as bláth. Ní fhaca sé ariamh réaltóg. Ní thug sé grá d'aonduine ariamh. Cha dtearn sé rud ar bith ariamh ach ag suimiú uimhreacha. Coinníonn sé ag ráit i rith an lae ar fad, cosúil leatsa: 'Is fear iontach dáiríre mé, is fear iontach dáiríre mé,' agus bheir sin air borradh le mórtas. Mar ní fear é, is beacán bearaigh é!'

'Caidé tá ann?'

'Beacán bearaigh!'

Bhí an prionsa beag anois bán san aghaidh le fearg.

'Agus leis na milliúin bliain, tá na bláthanna ag fás dealg. Agus leis na milliúin bliain, tá na caoirigh á n-ithe, mar sin féin. Agus nach bhfuil sé tábhachtach a bheith ag iarraidh tuigbheáil cad chuige a dtéann na bláthanna go dtí an oiread sin trioblóide na dealga a fhás sa chéad dul síos, muna bhfuil úsáid ar bith leo? Nach bhfuil tábhacht ar bith sa chogadh idir na caoirigh agus na bláthanna? Nach tábhachtaí seo i bhfad ná an suimiú a bhíonn ar bun ag fear na haghaidhe deirge? Abair go bhfuil aithne agamsa ar bhláth amháin faoi leith sa tsaol, nach bhfuil le fáil áit ar bith ach ar mo phláinéadsa, ach a thig le caora bheag amháin a scrios le plaic amháin maidin inteacht, i ngan fhios daoithe féin caidé tá á dhéanamh aici, nach bhfuil tábhacht ar bith ag baint leis sin?'

Las sé suas san aghaidh agus lean air:

'Má tá grá ag duine ar bhláth, bláth nach bhfuil a chosúlacht le fáil áit ar bith i measc na milliún is na milliún réaltóg, níl le déanamh ag an duine sin ach amharc ar na réaltógaí le bheith sásta. Thig leis a ráit leis féin: "Tá mo bhláthsa amuigh ansin áit inteacht…." Ach má itheann an chaora an bláth, titfidh a chuid réaltógaí uilig i ndorchadas go tobann! Agus níl sin tábhachtach?'

Ní raibh sé ábalta níos mó a ráit. Bhris na deora go tobann air. Bhí an oíche i ndiaidh titim. D'fhág mé síos mo chuid uirlisí. Caidé an chiall a bhí anois le mo chasúr, mo bholta, an tart nó an bás? Ar réaltóg amháin, ar phláinéad amháin — mo phláinéadsa, an domhan, bhí prionsa beag ag iarraidh sóláis. Chuir mé mo dhá lámh thart air. Rinne mé é a luascadh. Dúirt mé leis:

'An bláth seo a bhfuil grá agatsa dó níl sé i ndainséar… tarraingeochaidh mise mantóg don chaora… tarraingeochaidh mé ráille a chosnóchaidh do bhláth… dhéanfaidh mé….' Ní raibh a fhios agam caidé le ráit leis. Mhothaigh mé iontach amscaí. Ní raibh a fhios agam caidé mar a gheobhainn cóngarach dó, nó caidé mar a dhéanfainn suas leis. Tá sé chomh mistéireach, tír seo na ndeor.

VIII

Roimh i bhfad fuair mé aithne níos fearr ar an bhláth. Ariamh anall, ar phláinéad an phrionsa bhig, bhí bláthanna iontach simplí ann, bhí siad maisithe le fáinne amháin peiteal, ghlac siad suas fíorbheagán spáis agus níor chuir siad isteach ar aonduine. D'éireochadh siad aníos as an fhéar maidin amháin agus bheadh siad ar shiúl go suaimhneach arís roimh oíche. Ach, lá amháin, shéid an pór seo isteach as áit inteacht, agus choinnigh an prionsa beag súil ar an chraobhóg bheag a d'fhás as, nach raibh cosúil le ceann ar bith de na craobhóga eile. Thiocfadh leis gur baobab de chineál úr a bhí ann. Ach stad an tom ag fás roimh i bhfad agus thoisigh sí a dhéanamh réidh le bláthú. Shíl an prionsa beag — a thug fá dear bachlóg mhillteanach mhór ag fás — go nochtfadh radharc míorúilteach inteacht aníos as an phlanda, ach ní raibh an bláth réidh á cóiriú féin go deas istigh ina parlús glas go fóill. Thogh sí a cuid dathanna go cúramach. Ghléas sí í féin go mall, ag socrú a cuid peiteal ceann amháin ag an am. Ní raibh sí ag iarraidh éirí amach den chéad uair uilig cruptha suas cosúil leis na cailleacha dearga. Ní raibh sí ag iarraidh í féin a thaispeáint go mbeadh sí i mbláth a scéimhe go hiomlán. Ó, is é! Is í a bhí go mealltach! Agus mhair an gléasadh mistéireach sin ar feadh roinnt mhaith laetha. Go dtí, faoi dheireadh, maidin amháin, go díreach le héirí na gréine, rinne sí í féin a thaispeáint don tsaol.

Agus i ndiaidh daoithe a bheith ag obair leis an oiread sin cúraim, arsa sise, ag déanamh méanfaí:

'Ó! Níl mé leathmhuscailte … Gabh mo leithscéal … Tá mé in aimhréití go fóill.…'

Ach ní thiocfadh leis an phrionsa bheag a chuid measa a choinneáil istigh:

'Ó, nach tú atá galánta!'

'Nach mé atá!' arsa an bláth, go moiglí. 'Agus tháinig mé ar an tsaol ag an am chéanna leis an ghrian.…'

Is maith a d'aithin an prionsa beag

nach raibh sí rómhodhúil, ach, san am chéanna, nach í a bhogfadh do chroí.

'Creidim go bhfuil sé in am don bhricfeasta,' a dúirt sí gan mhoill ina dhiaidh sin, 'dá mbeifeá chomh cineálta agus cuimhneamh orm....'

Agus chuaigh an prionsa beag, a sháith aiféaltais air, a chuartú canna d'uisce úr, is d'fhreastail sé ar an bhláth.

Is mar sin a thoisigh sí, gan moill ar bith, á chrá lena cuid bróid, rud a bhí rud beag niogóideach. Lá amháin, mar shampla — agus í ag labhairt fána ceithre dhealg — arsa sise leis an phrionsa bheag:

'Chead acu a theacht, na tíogair, lena gcuid crúb!'

'Níl tíogair ar bith ar mo phláinéadsa,' a chinntigh an prionsa beag, 'agus ar scor ar bith, ní itheann tíogair luibheanna.'

'Ní luibh ar bith mise,' a d'fhreagair an bláth go deas.

'Gabhaim pardún agat!'

'Níl eagla ar bith orm roimh thíogair, ach tá mé ar crith i mo chraiceann le heagla roimh shiorradh gaoithe. An mbeadh scáthlán foscaidh agat?'

'Scanraithe roimh shiorradh gaoithe, sin drochádh do phlanda,' a deir an prionsa beag. Agus arsa seisean, 'Tá an bláth seo iontach casta....'

'San oíche cuirfidh tú cása gloine anuas orm.

Tá sé iontach fuar anseo san áit a bhfuil tú i do chónaí. Níl sé leagtha amach rómhaith. San áit as a dtáinig mise….'

Ach stop sí í féin. Shroich sí an pláinéad i bhfoirm póir. Cha raibh dóigh ar bith go mbeadh a fhios aici a dhath fá dhomhain eile. Agus í náirithe gur beireadh uirthi réidh le bréag chomh soineanta sin a inse, rinne sí a dó nó a trí de chasachtach leis an phrionsa bheag a chur san éagóir.

'An scáthlán foscaidh…?'

'Bhí mé go díreach ag imeacht á chuartú, nuair a thoisigh tú a chaint liom!'

Ansin, chuir sí casachtach eile aisti, le luach a aithreachais a chur air mar sin féin.

Tharla sé, mar sin, in ainneoin a dhea-thola agus a ghrá uilig, go dtáinig amhras ar an phrionsa bheag fá dtaobh dithe.

Ghlac sé dáiríre focail nach raibh tábhacht ar bith leo agus d'éirigh sé iontach míshásta dá bharr.

'D'fhéad mé gan éisteacht léi,' a dúirt sé liom lá amháin, 'níor chóir choíche éisteacht le bláthanna. Is leor amharc orthu agus a mboladh a fháil. Chuir mo bhláthsa boladh cumhra thart ar mo phláinéad uilig, ach cha raibh mé ábalta sásamh a bhaint as. An scéal fá na crúba, a chuir isteach go mór orm, ba chóir go líonfadh sé mo chroí le cineáltas….'

Agus lean sé ag ligint a intinne liom:

'Is fíor nár thuig mé rud ar bith! D'fhéad mé breithiúnas a dhéanamh ar ghníomhartha agus ní ar fhocail. Chlúdaigh sí mé lena cumhracht agus lena loinnir.

D'fhéad mé gan rith ar shiúl uaithi ariamh! D'fhéad mé an cineáltas uilig a fheiceáil ar chúl na gcleas beag a bhíodh aici. Tá bláthanna chomh dáigh! Ach, bhí mé ró-óg le fios a bheith agam caidé an dóigh le grá a thabhairt daoithe.'

IX

Le héaló, creidimse gur bhain sé úsáid as scaoi éanacha fiáine a bhí ag gabháil ar imirce. An mhaidin a d'fhág sé, chuir sé deis ar a phláinéad. Ghlan sé amach na bolcáin ghníomhacha go cúramach. Bhí dhá bholcán ghníomhacha aige agus bhí siad iontach úsáideach leis an bhricfeasta a théamh dó ar maidin. Bhí bolcán amháin aige fosta a bhí ídithe. Ach, mar a dúirt sé féin: 'Ní thig choíche a bheith cinnte!' Ghlan sé amach an ceann ídithe fosta. Má bhíonn na bolcáin glanta amach go néata, dófaidh siad leofa go fadálach agus go réidh, gan brúchtadh. Tá brúchtadh bolcáin cosúil le tine i simléar. Ar an domhan seo, is léir go bhfuil muid róbheag lenár mbolcáin a ghlanadh amach. Sin an tuige a dtugann siad an oiread sin trioblóide dúinn.

Le deoir bheag bróin ina chroí, tharraing an prionsa beag aníos péacáin dheireanacha na mbaobabanna as na rútaí. Chreid sé nach n-iarrfadh sé pilleadh go deo. Ach, an mhaidin seo, bhí an obair adaí, a raibh taithí mhaith aige uirthi anois, fíorluachmhar dó. Agus nuair a chuir sé uisce ar an bhláth, den uair dheireanach, agus rinne sé réidh lena cur faoina cása gloine, mhothaigh sé go raibh fonn caointe ag teacht air.

'Slán!' a dúirt sé leis an bhláth.

Ach níor thug sí freagra ar bith air.

'Slán!' a dúirt sé arís.

Rinne an bláth casachtach. Ach, chan cionnas slaghdán a bheith uirthi.

Ghlan sé amach na bolcáin ghníomhacha go cúramach.

'Is mé a bhí amaideach,' a dúirt sí leis, sa deireadh. 'Iarraim do phardún. Déan iarracht a bheith sona sásta.'

Bhí iontas air nár chuir sí aon locht air. Sheasaigh sé ansin agus é uilig fríd a chéile, agus an chása gloine tógtha san aer aige. Níor thuig sé an ciúineas milis seo.

'Nach cinnte go bhfuil grá agam duit,' a dúirt an bláth leis. 'Mo lochtsa atá ann nach raibh a fhios agat sin. Níl sin tábhachtach. Ach, bhí tú féin chomh hamaideach liomsa. Déan iarracht a bheith sona sásta … Ná bac leis an chása gloine. Níl sé a dhíth orm níos mó.'

'Ach an ghaoth…?'

'Níl mo shlaghdán chomh holc sin.… Dhéanfaidh aer úr na hoíche maitheas domh. Bláth atá ionam.'

'Ach na hainmhithe…?'

'Caithfidh mé cur suas le dhá nó le trí phéist cháil má tá mé le haithne a chur ar na féileacáin. Is cosúil go bhfuil siad go hálainn. Cé a bhéarfas cuairt orm ach iad? Beidh tusa i bhfad ar shiúl. I dtaca leis na hainmhithe, níl eagla orm roimh aon cheann acu. Tá mo chuid crúb agam.'

Agus, go soineanta, thaispeáin sí a ceithre dhealg. Ansin, arsa sise:

'Ná bí ag déanamh moille mar seo, cuireann sé isteach orm. Shocraigh tú imeacht, anois, bí ar shiúl!'

Ní raibh sí ag iarraidh go bhfeicfeadh sé ag caoineadh í. Bhí sí chomh bródúil sin mar bhláth.

X

Tharla dó go raibh sé i gceantar mhionphláinéid 325, 326, 327, 328, 329 agus 330. Thoisigh sé, mar sin, ag tabhairt cuairte orthu mar chaitheamh aimsire agus le cur lena chuid foghlama.

Bhí rí ina chónaí ar an chéad cheann. Bhí an rí gléasta in éideadh chorcra agus eirmín, agus é ina shuí ar chathaoir ríoga a bhí iontach simplí agus iontach maorga ag an am chéanna.

'Ó! Seo chugainn géillsineach,' a dúirt an rí os ard nuair a chonaic sé an prionsa beag ag teacht.

Agus d'fhiafraigh an prionsa beag de féin:

'Caidé an dóigh ar aithin sé mé, muna bhfaca sé ariamh aroimhe mé?'

Ní raibh a fhios aige go ndéantar an domhan a shimpliú go mór do ríthe. Go bhfuil achan duine ina ghéillsineach, dar leo.

'Tar anseo, go bhfeicfidh mé níos fearr thú,' arsa an rí, a bhí iontach bródúil anois go raibh duine inteacht aige le bheith ina rí air.

D'amharc an prionsa beag thart ag cuartú áit suí, ach bhí an pláinéad uilig glactha suas ag róba galánta eirmín an rí. D'fhan sé ina sheasamh mar sin, agus siocair é a bheith chomh tuirseach, rinne sé méanfach.

'Tá sé neamhurramach a bheith ag méanfaigh i láthair rí,' arsa an monarc leis. 'Coiscim ort é sin a dhéanamh.'

'Níl neart agam air. Ní thig liom mé féin a stad,' a d'fhreagair an prionsa beag, agus é go mór fríd a chéile. 'Tá turas fada déanta agam agus ní bhfuair mé aon néal chodlata....'

'Mar sin de,' a dúirt an rí, 'ordaím duit méanfach a dhéanamh. Ní fhaca mé duine ar bith ag méanfaigh le blianta. Is saoithiúil domhsa an mhéanfach. Seo leat! Déan méanfach eile. Is ordú é sin.'

'Scanraíonn sin mé ... ní thig liom méanfach níos mó,' a dúirt an prionsa beag i gcogar, é éirithe iontach cúthalach anois.

'Húm! húm!' a d'fhreagair an rí. 'Ordaím duit ... mar sin, a bheith ag méanfaigh amanna agus amanna eile a bheith....'

go bláth mar a bheadh féileacán ann, nó dráma tragóideach a scríobh, nó é féin a athrú isteach ina fhaoileog, agus muna ndéanfadh an ginearál de réir mar a d'ordaigh mé dó, cé is ciontaí, mise nó eisean?'

'Tusa,' a dúirt an prionsa beag go dearfa.

'Go díreach. Níor cheart iarraidh ar dhuine ar bith ach an méid atá ar a chumas a dhéanamh,' a d'fhreagair an rí. 'Braitheann údarás ar réasún. Dá dtabharfá ordú do dhaoine iad féin a chaitheamh amach san fharraige, bheadh éirí amach ann. Tá sé de cheart agam umhlaíocht a iarraidh mar go bhfuil mo chuid orduithe réasúnta.'

'Mo luí gréine, mar sin?' chuir an prionsa beag i gcuimhne dó, mar nach dtearn sé ariamh dearmad de cheist an uair amháin a bhí sí curtha aige.

'Gheobhaidh tú do luí gréine. Bhéarfaidh mise an t-ordú. Ach, ag brath ar Eolaíocht an Rialtais atá agam féin, fanóchaidh mé go mbeidh na coinníollacha fabhrach.'

'Cá huair a bheas sin?' a d'fhiafraigh an prionsa beag.

'Hem! hem!' a d'fhreagair an rí; agus gan focal eile a ráit chuaigh sé i gcomhairle féilire mhóir, 'hem! hem! Beidh sin, thart ar … thart ar … beidh sin anocht thart ar fiche go dtína hocht! Is tchífidh tú cé chomh maith agus a umhlaítear domh.'

Lig an prionsa beag méanfach. Ba bheag leis dá gcaillfeadh sé a luí gréine. Agus ina mhullach air sin bhí sé ag cailleadh suime i rudaí cheana féin:

'Níl rud ar bith eile agam le déanamh anseo,' a dúirt sé leis an rí, 'Rachaidh mise chun bealaigh!'

'Ná himigh,' arsa an rí, a bhí iontach bródúil go raibh géillsineach aige. 'Ná himigh, ceapfaidh mise mar aire stáit thú!'

'Mar aire ar caidé?'

'Mar … mar Aire Dlí agus Cirt!'

'Ach níl duine ar bith anseo le dlí a chur air.'

'Níl a fhios againn sin,' arsa an rí leis. 'Cha dtearn mé turas iomlán ar mo ríocht go fóill. Tá mé iontach aosta. Níl áit ar bith anseo do mo charráiste. Agus cuireann an siúl tuirse orm.'

'Ó, ach tá sé feicthe agam cheana féin!' arsa an prionsa beag ag casadh thart le súil eile a chaitheamh ar an taobh thiar den phláinéad. 'Níl duine ar bith ar an taobh eile ach oiread….'

'Mar sin, bhéarfaidh tú breithiúnas ort féin,' a d'fhreagair an rí. 'Sin an rud is deacra uilig. Tá sé níos deacra breithiúnas a thabhairt ort féin ná ar dhaoine eile. Má éiríonn leat breithiúnas ceart a thabhairt ort féin, is duine fíorchríonna thú go cinnte.'

'Ach thig liom breithiúnas a thabhairt orm féin áit ar bith,' arsa an prionsa beag. 'Ní chaithfidh mé a bheith i mo chónaí anseo.'

'Hem! hem!' a dúirt an rí. 'Creidimse, agus ar chúis mhaith, go bhfuil seanluchóg mhór áit inteacht anseo ar mo phláinéad. Cluinim san oíche í. Is féidir leat breithiúnas a thabhairt ar an tseanluchóg mhór seo. Daorfaidh tú chun báis í, ó am go ham. Dá bhrí sin, beidh a saol ag brath ar do bhreithiúnas. Ach bhéarfaidh tú pardún di gach uair mar go gcaithfear a bheith spárálach léi. Níl againn ach í.'

'Níor mhaith liomsa,' a dúirt an prionsa beag, 'duine ar bith a dhaoradh chun báis. Agus anois sílim go mbeidh mé ag baint na mbonnaí as.'

'Ná himigh,' arsa an rí.

Ach anois, agus an prionsa beag réidh le himeacht, níor mhaith leis go gcuirfeadh sé buaireamh ar bith ar an tseanmhonarc.

'Más mian le do Mhórgacht go ndéanfaí do thoil láithreach bonn,' a dúirt sé, 'thiocfadh leat ordú réasúnta a thabhairt domh. Thiocfadh leat, mar shampla, ordú domh a bheith ar shiúl taobh istigh de bhomaite amháin. Tchíthear domh go bhfuil na coinníollacha fabhrach....'

Nuair nach dtug an rí freagra, rinne an prionsa moill bheag. Ansin, le hosna, chuaigh sé chun bealaigh.

'Ceapaim mar Ambasadóir thú,' a scairt an rí amach go gasta ina dhiaidh.

Bhí údarás ardnósach le brath ar a ghlór.

'Tá na daoine fásta iontach coimhthíoch,' a dúirt an prionsa beag leis féin, ag leanstan ar a thuras.

XI

Ar an dara pláinéad bhí cónaí ar fhear ghiodalach.

'Á, há! Seo duine a bhfuil meas aige orm ag teacht ar cuairt!' a dúirt an fear giodalach os ard, chomh luath is a chonaic sé an prionsa beag i bhfad uaidh. Nó, síleann na daoine giodalacha go bhfuil meas ag achan duine eile orthu.

'Maidin mhaith,' arsa an prionsa beag. 'Nach greannmhar an hata atá ort.'

'Tá an hata sin agam le humhlú leis,' a d'fhreagair an fear giodalach. 'Le humhlú leis nuair a bheir daoine aitheantas domh. Ar an drochuair, ní thig duine ar bith an bealach seo in am ar bith.'

'An seo mar atá?' arsa an prionsa beag, cé nár thuig sé ar chor ar bith.

'Buail do bhosa, ceann in
éadan an chinn eile,' a d'ordaigh an
fear giodalach ansin.

Bhuail an prionsa beag a bhosa, ceann
in éadan an chinn eile. D'umhlaigh an fear
giodalach go modhúil, ag tógáil a hata.

'Is mó an chuideachta é seo ná an chuairt
a thug mé ar an rí,' a dúirt an prionsa beag
leis féin. Agus thoisigh sé a bhualadh a
bhos arís, ceann in éadan an chinn
eile. Thóg an fear giodalach a
hata arís le humhlú.

I ndiaidh cúig bhomaite den chleas seo, d'éirigh an prionsa
beag tuirseach den chluiche leadránach.

'Agus caidé a bhéarfadh ar an hata titim duit?' a d'fhiaf-
raigh sé.

Ach ní chuala an fear giodalach é. Ní chluineann daoine
giodalacha rud ar bith ach moladh.

'An bhfuil meas mór agat orm i ndáiríre?' a d'fhiafraigh sé den phrionsa bheag.

'Caidé a chiallaíonn *meas*?'

'Ciallaíonn meas go bhfeiceann tú mé mar an fear is dóighiúla, is dea-ghléasta, is saibhre agus is cliste ar an phláinéad seo.'

'Ach is tusa an t-aon fhear ar an phláinéad!'

'Tabhair an sásamh seo domh. Bíodh meas agat orm, mar sin féin.'

'Tá meas agam ort,' a dúirt an prionsa beag, ag croitheadh a ghuailneacha. 'Ach cad chuige a bhfuil an oiread sin suime agat ann sin?'

Agus d'imigh an prionsa beag leis.

'Tá na daoine fásta seo iontach coimhthíoch ar fad,' a dúirt sé leis féin, ag leanstan ar a thuras.

XII

Ar an chéad phláinéad eile bhí pótaire ina chónaí. Bhí an chuairt seo iontach gairid ach tharraing sé díomá mór ar an phrionsa bheag:

'Caidé tá tú a dhéanamh ansin?' a dúirt sé leis an phótaire, a fuair sé socraithe síos os comhair bailiúcháin de bhuideáil fholmha agus bailiúcháin de bhuideáil lána.

'Tá mé ag ól,' a dúirt an pótaire, de ghlór dhólásach.

'Cad chuige a bhfuil tú ag ól?' a d'fhiafraigh an prionsa beag.

'Le dearmad a dhéanamh,' a d'fhreagair an pótaire.

'Le dearmad a dhéanamh ar caidé?' a d'fhiafraigh an prionsa beag, a bhí buartha faoi cheana féin.

'Le dearmad a dhéanamh go bhfuil náire orm,' a d'admhaigh an pótaire, ag crochadh a chinn.

'Caidé an náire atá ort?' a dúirt an prionsa beag go dearfa, ag iarraidh cuidiú leis.

'Náire go bhfuil mé ag ól,' a dúirt an pótaire ag cur críche lena chuid cainte agus bhí sé ina thost go hiomlán.

Agus d'imigh an prionsa beag leis arís, é fríd a chéile.

'Na daoine fásta, tá siad cinnte dearfa iontach, iontach coimhthíoch,' a dúirt sé leis féin agus é ag leanstan ar a thuras.

XIII

Ba le fear gnó an ceathrú pláinéad. Bhí an fear seo chomh gnaitheach agus nár thóg sé a cheann fiú nuair a tháinig an prionsa beag os a chomhair.

'Maidin mhaith,' a dúirt an prionsa beag leis, 'Tá do thoitín ar shiúl as.'

'Trí agus a dó, sin a cúig. Cúig agus a seacht, a dó dhéag. Dó dhéag agus a trí, a cúig déag. Maidin mhaith. Cúig déag agus a seacht, a fiche dó. Fiche dó agus a sé, a fiche hocht. Níl faill agam é a lasadh arís. Fiche sé is a cúig, a tríocha haon. Óch! Tig sin go cúig chéad agus a haon milliún, sé chéad fiche dó míle, seacht gcéad tríocha is a haon.'

'Cúig chéad milliún caidé?'

'Éh, an bhfuil tusa ansin go fóill? Cúig chéad agus a haon milliún … níl a fhios agam níos mó … tá an oiread sin oibre le déanamh agam! Duine dáiríre mise, ní bhím do mo bhuaireamh féin le hamaidí. A dó agus a cúig, sin a seacht….'

'Cúig chéad agus a haon milliún caidé?' a dúirt an prionsa beag arís, nach dtearn ariamh ina shaol dearmad de cheist an uair amháin a bhí sí curtha aige.

Thóg an fear gnó a cheann.

'I rith na gceithre bliana is caoga atá caite agam ar an phláinéad seo, níor cuireadh isteach orm ach trí huaire. An chéad uair, dhá bhliain is fichead ó shin, nuair a thit cearnamhán anuas as ag Dia tá a fhios cén áit. Lig sé trup creathnach as agus rinne mise ceithre bhotún i gceann de mo chuid suimeanna. An dara huair, bliain déag ó shin, nuair a bhuail taom pianta cnámh mé. Ní dhéanaim go leor aclaíochta. Níl am agam a bheith ag spaisteoireacht thart. Is duine an-dáiríre mé, bíodh a fhios agat. An tríú huair, bhuel, seo againn anois í! Mar a bhí mé a ráit ansin, cúig chéad agus a haon milliún....'

'Milliún caidé?'

Thuig an fear gnó ansin nach raibh maith a bheith ag súil le suaimhneas go mbeadh freagra tugtha aige ar an cheist.

'Milliún de na rudaí beaga sin a tchí tú corruair sa spéir.'

46

'Cuileoga?'

'Ní hé, na rudaí geala sin.'

'Bumbáin?'

'Arú, ní hé. Na rudaí beaga órga a chuireann daoine falsa a bhrionglóidigh. Ach, is fear dáiríre mise, is mé! Níl am agam a bheith ag brionglóidigh.'

'Á, na réaltógaí?'

'Is é, sin iad, na réaltógaí.'

'Agus caidé a ghní tú le cúig chéad milliún réaltóg?'

'Cúig chéad agus a haon milliún, sé chéad fiche dó míle, seacht gcéad tríocha haon. Is duine dáiríre mise, is duine cruinn beacht mé.'

'Agus caidé a ghní tú leis na réaltógaí?'

'Caidé a ghním leo?'

'Is é!'

'Rud ar bith. Is liomsa iad.'

'Is leatsa na réaltógaí?'

'Is liom!'

'Ach bhuail mé le rí cheana féin a….'

'Ní leis na ríthe iad, rialaíonn na ríthe iad. Tá difear mór idir an dá rud.'

'Agus caidé an mhaith duitse gur leat na réaltógaí?'

'Is é an mhaith domhsa é nó go ndéanann sé saibhir mé.'

'Agus caidé an mhaith duit a bheith saibhir?'

'Ciallaíonn sé go dtig liom réaltógaí eile a cheannacht, má thigtear ar aon cheann úr.'

'An fear seo,' arsa an prionsa beag leis féin, 'tá an tuigbheáil céanna aige le mo phótaire cóir.'

Mar sin féin, bhí cupla ceist eile aige le cur air.

'Caidé an dóigh a dtig le duine seilbh a fháil ar na réaltógaí?'

'Cé leis iad mar sin?' a d'fhreagair an fear gnó, go goirgeach.

'Níl a fhios agam. Ní le duine ar bith iad.'

'Mar sin, is liomsa iad, mar gur mise an chéad duine a smaointigh air.'

'Is leor sin?'

'Cinnte! Nuair a thig tusa ar dhiamant nach le duine ar bith é, is leatsa é. Nuair a thig tú ar oileán nach le duine ar bith é, is leatsa é. Nuair a thig tú ar smaointiú roimh dhuine ar bith eile, gheibh tú paitinn air: is leatsa é. Agus is liomsa na réaltógaí, mar níor smaointigh aonduine ariamh romhamsa gur leis iad.'

'Is fíor sin,' arsa an prionsa beag, 'ach caidé a ghní tú leo?'

'Ghním bainisteoireacht orthu,' a d'fhreagair an fear gnó. 'Cuntasaim iad agus ghním iad a athchuntas. Tá sé deacair ach is fear dáiríre mé!'

Ní raibh an prionsa beag sásta go fóill.

'Dá mbeadh scairf shíoda agamsa, chuirfinn thart ar mo mhuineál í agus d'iompróchainn thart liom í. Dá mbeadh bláth agam, phiocfainn an bláth sin agus d'iompróchainn thart liom é. Ach ní thig leat na réaltógaí a phiocadh as an spéir.'

'Ní thig, ach thig liom iad a chur i mbanc.'

'Caidé an chiall atá leis sin?'

'Ciallaíonn sin go scríobhaim uimhir mo chuid réaltóg ar phíosa beag páipéir. Ansin, cuirim an páipéar faoi ghlas eochrach istigh i ndrár.'

'Agus, sin é?'

'Is leor sin,' arsa an fear gnó.

'Tá sin greannmhar,' a smaointigh an prionsa beag. 'Tá sé cineál fileata. Ach níl sé ródháiríre.'

An bharúil a bhí ag an phrionsa bheag fá ghnaithí dáiríre, bhí sí iontach difriúil ó bharúil na ndaoine fásta.

'A dhálta sin,' a dúirt sé, ag leanstan don chomhrá, 'tá bláth agamsa a gcuirim uisce uirthi achan lá. Tá trí bholcán agam, a ghlanaim amach achan seachtain. Mar glanaim amach an ceann ídithe fosta. Ní thig choíche a bheith cinnte. Téann sé ar sochar do na bolcáin agus téann sé ar sochar don bhláth, gur liomsa iad. Ach ní théann tusa ar sochar do na réaltógaí.'

D'fhoscail an fear gnó a bhéal ach cha dtáinig freagra ar bith leis agus d'imigh an prionsa beag leis.

'Cinnte dearfa, tá na daoine fásta iontach coimhthíoch ar fad,' arsa seisean go soineanta leis féin i rith an turais.

XIV

Bhí an cúigiú pláinéad iontach aistíoch. Ba é ba lú den iomlán. Cha raibh ann ach go leor áite do lampa sráide agus d'fhear lasta lampaí. Ní raibh an prionsa beag ábalta a thuigbheáil cén úsáid a bheadh le lampa sráide agus fear lasta lampaí, amuigh ansin sna spéartha, ar phláinéad gan teach ná daoine air. Ach, mar sin féin, arsa seisean leis féin:

'B'fhéidir go bhfuil an fear seo áiféiseach. Má tá féin, níl sé chomh háiféiseach leis an rí, ná leis an fhear ghiodalach, ná an fear gnó, ná an pótaire. Ar a laghad tá ciall inteacht lena chuid oibre. Nuair a lasann sé a lampa sráide is geall le go dtugann sé réaltóg úr ar an tsaol, nó bláth. Nuair a chuireann sé as a lampa cuireann sé an réaltóg nó an bláth a chodladh. Slí bheatha fhíorálainn atá ann. Agus siocair í a bheith álainn, tá sí rí-úsáideach.'

Nuair a shroich sé an pláinéad, bheannaigh sé go measúil don fhear lasta lampaí:

'Maidin mhaith duit, caidé a thug ort do lampa a chur as ansin?'

'Sin an t-ordú,' a d'fhreagair an fear lasta lampaí. 'Maidin mhaith duit.'

'Caidé an t-ordú?'

'Go gcuirfidh mise as an lampa. Oíche mhaith duit,' agus las sé arís é.

'Ach, cad chuige ar las tú anois arís é?'

'Sin an t-ordú,' a d'fhreagair an fear lasta lampaí.

'Ní thuigim,' arsa an prionsa beag.

'Níl rud ar bith le tuigbheáil,' a dúirt an fear lasta lampaí. 'Caithfear a ghabháil de réir an ordaithe! Maidin mhaith.' Agus chuir sé as an lampa.

Ansin ghlan sé a éadan le ciarsúr a bhí maisithe le cearnógaí dearga.

'Is agam atá an ghairm léanmhar. Sna laetha a chuaigh thart ba ghairm réasúnta í. Chuirinn as an lampa ar maidin is lasainn arís tráthnóna é. Bhí an chuid eile den lá agam le scríste a ligint agus an chuid eile den oíche agam le codladh.'

'Agus hathradh an t-ordú ó shin?'

'Níor hathradh an t-ordú,' a dúirt an fear lasta lampaí, 'Sin bun agus barr na tubaiste! Thoisigh an pláinéad a chasadh níos gaiste agus níos gaiste ó bhliain go bliain agus níor hathradh an t-ordú ariamh.'

'Caidé an toradh air, mar sin?'

'Faoi láthair, ghní an pláinéad casadh iomlán achan bhomaite, agus níl soicind scríste agam. Lasaim agus cuirim as an lampa uair sa bhomaite.'

'Tá sin iontach greannmhar! Ní mhaireann lá san áit seo ach bomaite amháin!'

'Níl sé greannmhar ar chor ar bith!' arsa an fear lasta lampaí. 'Tá mí iomlán caite ó thoisigh muid a chaint le chéile.'

'Mí iomlán?'

'Is é. Tríocha bomaite. Tríocha lá. Oíche mhaith.'

Agus las sé a lampa arís.

Is agam atá an ghairm léanmhar.

Choimheád an prionsa beag é agus grá mór ina chroí aige don fhear lasta lampaí seo a bhí chomh dílis don ordú. Smaointigh sé ar na laetha a dteachaidh sé féin ar lorg luí gréine, ag tarraingt na cathaoireach ina dhiaidh. Ba mhaith leis cuidiú lena chara:

'An bhfuil a fhios agat, is eol domhsa dóigh le tú sos a ghlacadh am ar bith is mian leat....'

'Sin rud a mbím sa tóir air i dtólamh,' arsa an fear lasta lampaí.

Mar thig le fear a bheith falsa agus dílis ag an am chéanna.

Lean an prionsa beag ar aghaidh:

'Tá do phláinéad chomh beag agus, déanta na fírinne, go siúlfá thart air i dtrí choiscéim. Níl le déanamh agat ach siúl measartha fadálach le fanacht sa ghrian i gcónaí. Nuair is mian leat sos a ghlacadh, níl le déanamh agat ach siúl ... agus mairfidh an lá chomh fada agus is mian leat.'

'Níl mórán maith ann sin domhsa,' arsa an fear lasta lampaí, 'Níl rud ar bith is fearr liomsa sa tsaol ná codladh.'

'Sin drochádh,' a dúirt an prionsa beag.

'Sin drochádh, cinnte,' a dúirt an fear lasta lampaí. 'Maidin mhaith.'

Agus chuir sé as a lampa.

'An fear sin,' a dúirt an prionsa beag agus é ag leanstan ar a thuras, 'bheadh dímheas ag an mhuintir eile uilig air; an rí, an fear giodalach, an pótaire agus an fear gnó. Mar sin féin, is eisean an t-aon fhear acu nach bhfeictear domhsa a bheith amaideach. B'fhéidir gur sin cionnas é a bheith ag smaointiú ar rud inteacht eile diomaite dó féin.'

Lig sé osna le tréan aithreachais agus dúirt sé leis féin arís:

'Sin an t-aon duine amach as an iomlán a dtiocfadh liom

cara a dhéanamh as. Ach is amhlaidh go bhfuil an pláinéad seo róbheag. Níl áit ann do bheirt....'

Ach, ní raibh sé de chroí ag an phrionsa bheag a admháil go raibh sé buartha an pláinéad seo a fhágáil, go speisialta nuair a bhí sé beannaithe le míle ceithre chéad ceathracha luí gréine achan cheithre huaire is fichead.

XV

Bhí an seisiú pláinéad deich n-uaire níos mó.

Bhí seanfhear uasal ina chónaí air a scríobhadh leabharthaí móra toirtiúla.

'An bhfeiceann tú! Seo chugainn taiscéalaí!' arsa seisean os ard nuair a chonaic sé an prionsa beag ag déanamh air.

Shuigh an prionsa beag síos ar an tábla go bhfuair sé a anáil leis arís. Bhí an fad sin siúlta aige cheana féin!

'Cá has a dtáinig tú?' a dúirt an seanfhear uasal leis.

'Caidé an leabhar mhór í sin?' a d'fhiafraigh an prionsa beag. 'Caidé tá tú a dhéanamh?'

'Is tíreolaí mé,' a dúirt an seanfhear uasal.

'Caidé an rud tíreolaí?' a d'fhiafraigh an prionsa beag.

'Tíreolaí, sin saoi a bhfuil a fhios aige cá háit a bhfuil na farraigí, na haibhneacha, na bailte, na cnoic agus na fásaigh uilig.'

'Tá sin iontach suimiúil,' a dúirt an prionsa beag. 'Seo, sa deireadh, duine a bhfuil gairm mar is ceart aige!' Agus chaith sé a shúil thart ar phláinéad an tíreolaí. Chan fhaca sé ariamh pláinéad chomh maorga leis.

'Tá sé iontach deas, do phláinéad. An bhfuil farraigí ar bith air?'

ghníomhacha agus bolcán amháin ídithe. Ach, ní thig choíche a bheith cinnte!'

'Ní thig a bheith cinnte!' a dúirt an tíreolaí.

'Tá bláth agam fosta.'

'Ní ghlacann muid cuntas ar bhláthanna,' a dúirt an tíreolaí.

'Cad chuige sin? Nach iad is deise dá bhfaca tú ariamh!'

'Ní ghlacann muid cuntas orthu mar go bhfuil siad gearrshaolach.'

'Caidé a chiallaíonn *gearrshaolach*?'

'Is iad na leabharthaí tíreolaíochta,' a dúirt an tíreolaí, 'na leabharthaí is luachmhaire dá bhfuil ann. Ní théann siad choíche as dáta. Is fíorannamh a bhogann cnoc ón áit a bhfuil sé suite. Is fíorannamh a shileann an t-uisce uilig ó fharraige. Scríobhann muid fá rudaí buana.'

'Ach thig le bolcáin ídithe muscladh arís,' a dúirt an prionsa beag, ag gabháil roimhe. 'Caidé an chiall atá le *gearrshaolach*?'

'Cé acu beo nó marbh an bolcán, is ionann dúinne é,' a dúirt an tíreolaí. 'An cnoc an rud is tábhachtaí dúinne, mar nach n-athraíonn sé.'

'Ach caidé a chiallaíonn *gearrshaolach*?' a dúirt an prionsa beag arís, nár lig uaidh ceist ariamh ina shaol an uair amháin a bhí sé curtha aige.

'Ciallaíonn sé "i ndainséar imeacht ón tsaol go gasta".'

'Tá mo bhláthsa i ndainséar imeacht ón tsaol go gasta?'

'Is fíor sin.'

'Tá mo bhláthsa gearrshaolach,' a dúirt an prionsa beag leis féin, 'agus níl aici ach na ceithre dhealg le hí féin a chosaint ar an tsaol. Agus d'fhág mise i mo dhiaidh ar mo phláinéad í, léi féin!'

Ba sin an chéad uair a raibh aithreachas air. Ach ghlac sé uchtach arís:

'Cá háit a molfá domh a ghabháil ar cuairt anois?' a d'fhiafraigh sé.

'Go pláinéad an Domhain,' a d'fhreagair an tíreolaí. 'Tá iomrá maith air....'

Agus d'imigh an prionsa beag leis, ag smaointiú ar a bhláth.

XVI

Mar sin, ba é an Domhan an seachtú pláinéad.

Ní hionann an Domhan agus pláinéad ar bith eile! Thiocfadh leat céad agus a haon déag rí a chuntas ansin (ríthe na ndaoine gorma ina measc, dar ndóigh), seacht míle tíreolaí, naoi gcéad míle fear gnó, seacht milliún go leith pótaire, trí chéad agus a haon déag milliún duine giodalach; sin le ráit, thart ar dhá bhilliún duine fásta ar fad.

Le barúil níos fearr a thabhairt daoibh ar chomh mór is atá an Domhan, cuirfidh mé mar seo é, sula dtáinig an chumhacht aibhléise, b'éigean daofa arm mór de cheithre chéad seasca dó míle, cúig chéad agus a haon déag fear lasta lampaí a bheith acu ar fud na sé mhór-ranna, leis na lampaí uilig a lasadh.

Is breá an radharc a dhéanfadh sin amach romhat dá seasófá siar píosa beag ón Domhan. Bhí gluaiseachtaí an airm seo chomh rialta le damhsóirí bailé i gceoldráma. Ar tús, thiocfadh seal cuid fear lasta lampaí na Nua-Shéalainne agus na hAstráile. Nuair a bheadh na lampaí lasta acusan, rachadh siad a chodladh. Ina dhiaidh sin, isteach le fir lasta lampaí na Síne agus na Sibéire lena gcuid céimeanna a dhamhsa, agus ansin scairtfí ar leataobh go dtí na cliatháin orthusan. Ina dhiaidh sin, thiocfadh seal na lastóirí lampaí sa Rúis agus san Ind; ansin iadsan san Afraic agus san Eoraip; ansin muintir Mheiriceá Theas; ansin lucht Mheiriceá Thuaidh. Agus ní dhéanadh siad botún choíche san ord a raibh siad le theacht ar an ardán. Bheadh sé mar a d'iarrfadh do bhéal é a bheith.

An t-aon bheirt a bhí saor ó shaothar agus ó chúram nó an fear lasta lampaí a bhí i gceannas ar an aon lampa amháin ag an Mhol Thuaidh, agus a chomhghleacaí ag an Mhol Theas a bhí i gceannas ar an aon lampa amháin ansin: ní bheadh siadsan gnaitheach ach dhá uair sa bhliain.

XVII

An té a bhíonn ag iarraidh a bheith greannmhar, b'fhéidir go n-inseochadh sé bréag bheag thall is abhus. Ní raibh mé féin go hiomlán fírinneach is mé ag cur síos ar na fir lasta lampaí. Tá an dainséar ann go dtabharfainn barúil bhréagach faoinár bpláinéad daofa siud nach bhfuil eolas acu air. Is fíorbheag an méid spáis a ghlacann daoine suas ar an domhan. An dá bhilliún duine atá ina gcónaí ar an domhan dá gcuirfeá ina seasamh le chéile iad, mar a bheadh siad ag cruinniú mór, chuirfeá iad uilig go furast isteach i gcearnóg phoiblí a bhí fiche míle ar fhad agus fiche míle ar leithead. Thiocfaí an cine daonna iomlán a charnadh le chéile ar cheann de na hoileáin bheaga sa Mhuir Chiúin.

Na daoine fásta, dar ndóigh, ní chreidfidh siad thú. Síleann siad go nglacann siad suas spás mór. Tchíthear daofa go bhfuil siad chomh tábhachtach leis na baobabanna. Ba chóir duit moladh daofa, mar sin, é a oibriú amach iad féin. Tá a gcroí istigh sna figiúirí, agus sásóchaidh sin iad. Ach ná cuir thusa d'am amú leis an cheacht bhreise seo. Níl gá leis. Tá a fhios agam go bhfuil muinín agat asam.

Nuair a shroich an prionsa beag an Domhan, bhí iontas mór air nach raibh aonduine le feiceáil. Bhí eagla ag teacht air go raibh sé ar an phláinéad chontráilte, nuair a scinn an cornán seo, a raibh dath na gealaí air, trasna an ghainimh de splanc.

'Oíche mhaith,' a dúirt an prionsa beag, ar eagla na heagla.

'Oíche mhaith,' a dúirt an nathair.

'Cén pláinéad é seo ar thit mé anuas air?' a d'fhiafraigh an prionsa beag.

'Ar an Domhan, seo an Afraic,' a d'fhreagair an nathair.

'Á! Níl daoine ar an Domhan, mar sin?'

'Seo an fásach. Níl daoine san fhásach. Tá an Domhan mór,' a dúirt an nathair.

Shuigh an prionsa beag ar chloch agus thóg a shúile i dtreo na spéire:

'Do bharúil,' ar sé, 'an bhfuil na réaltógaí lasta sa spéir sa dóigh is go dtig linn uilig ár réaltóg féin a aimsiú arís lá éigin? Amharc ar mo phláinéadsa. Tá sé ansin díreach os ár gcionn. Ach, nach é atá i bhfad uainn!'

'Tá sé galánta,' a dúirt an nathair. 'Caidé a thug anseo thú?'

'Tá deacrachtaí agam le bláth,' a dúirt an prionsa beag.

'Á!' arsa an nathair.

Agus bhí siad beirt ina dtost.

'Cá bhfuil na daoine?' arsa an prionsa beag ansin sa deireadh. 'Tá sé rud beag uaigneach san fhásach....'

'Tá sé uaigneach, fosta, i measc daoine,' a dúirt an nathair.

D'fhéach an prionsa beag air ar feadh tamall fada:

'Ainmhí greannmhar thusa...,' a dúirt sé sa deireadh, 'chomh tanaí le méar....'

'Ach tá mé níos cumhachtaí ná méar rí,' a dúirt an nathair.

Rinne an prionsa beag meangadh gáire:

'Níl tusa róchumhachtach. Níl fiú cosa ort ... cha dtig leat fiú taisteal.'

'Thig liom tusa a iompar níos fuide ar shiúl ná mar a thógfadh long farraige ar bith thú,' a dúirt an nathair.

Chas sé é féin thart ar mhurnán an phrionsa bhig, cosúil le bráisléad óir:

'Ainmhí greannmhar thusa...,' a dúirt sé sa deireadh,
'chomh tanaí le méar....'

'Cá bith a mbainim dó, cuirim ar ais é go dtí an talamh as a dtáinig sé,' a dúirt an nathair nuair a labhair sé arís. 'Ach, tá tusa soineanta agus fíor, agus is as réaltóg thú....'

Ní thug an prionsa beag freagra ar bith.

'Tá truaighe agam duit, tá tú chomh lag, anseo ar dhomhan déanta de chloch eibhir. D'fhéadfainnse cuidiú leat lá inteacht, má bhíonn cumhaidh ort i ndiaidh do phláinéid féin, thig liom....'

'Ó! Tuigim go maith thú,' arsa an prionsa beag, 'ach cad chuige a mbíonn achan rud a deir tú ina thomhas?'

'Faighim fuascladh ar gach ceann acu,' a dúirt an nathair.

Agus bhí siad beirt ina dtost arís.

XVIII

Thaistil an prionsa beag trasna an fhásaigh agus níor casadh air ach an t-aon bhláth amháin. Bláth a raibh trí pheiteal uirthi. Bláth gan iomrá....

'Maidin mhaith,' a dúirt an prionsa beag.

'Maidin mhaith,' a dúirt an bláth.

'Cá háit a bhfuil na daoine?' a d'fhiafraigh an prionsa beag go múinte.

Tharla go bhfaca an bláth carabhán ag gabháil thart lá amháin:

'Na daoine? Creidim go bhfuil seisear nó seachtar acu ann. Chonaic mé cupla bliain ó shin iad. Ach ní bheadh a fhios agat choíche cá háit a dtiocfá orthu. Síobann an ghaoth ar shiúl iad. Níl rútaí ar bith acu agus bíonn saol deacair acu dá bharr sin.'

'Slán agat,' a dúirt an prionsa beag.

'Slán leat,' a dúirt an bláth.

XIX

Chuaigh an prionsa beag suas ar bharr cnoic aird. Ní raibh eolas ag an phrionsa bheag ar chnoc ar bith roimhe sin ach na trí bholcán nach raibh ach chomh hard lena ghlúin. Agus ba ghnách leis an bolcán ídithe a úsáid mar stól beag. 'Ó bharr cnoic chomh hard seo,' arsa seisean leis féin, 'beidh mé ábalta an pláinéad iomlán a fheiceáil d'aon amharc, agus na daoine uilig fosta....'

Ach ní fhaca sé rud ar bith, diomaite de bheanna creagacha a bhí chomh géar le snáthaid.

'Maidin mhaith,' arsa seisean, ar eagla na heagla.

'Maidin mhaith ... maidin mhaith ... maidin mhaith,' a d'fhreagair an macalla.

'Cé thú féin?' arsa an prionsa beag.

'Cé thú féin … cé thú féin … cé thú féin?' a d'fhreagair an macalla.

'Bígí mar chairde agam. Tá mé i m'aonar,' a dúirt sé.

'I m'aonar … i m'aonar … i m'aonar,' a d'fhreagair an macalla.

'Nach greannmhar an pláinéad é seo!' a smaointigh sé. 'Tá sé uilig tirim agus uilig géar agus uilig garg. Agus níl samhlaíocht ar bith ag na daoine. Deir siad ar ais leat cibé rud a deir tú leo…. Ar mo phláinéadsa, bhí bláth: ba ise i gcónaí a labhradh ar tús….'

XX

Ach tharla, i ndiaidh an prionsa beag a bheith ag siúl ar feadh tamall fada, fríd ghaineamh agus fríd chlocha agus fríd shneachta, go dtáinig sé, sa deireadh, ar bhealach mór. Agus ag deireadh achan bhealach mór tiocfaidh tú ar áit chónaithe daoine.

'Maidin mhaith,' a dúirt sé.

Bhí sé i ngarradh lán rósanna.

'Maidin mhaith,' a dúirt na bláthanna.

D'fhéach an prionsa beag orthu. D'amharc gach ceann acu cosúil lena bhláth féin.

'Cé sibh féin?' a d'fhiafraigh sé agus é lán iontais.

'Rósanna atá ionainn,' a dúirt na rósanna.

'Á!' a dúirt an prionsa beag.

Agus d'éirigh sé iontach míshásta. D'inis a bhláth féin dó gurb ise an t-aon bhláth dá cineál ins an chruinne. Agus seo cúig mhíle acu le chéile i ngarradh amháin agus iad uilig mar an gcéanna!

'Ghoillfeadh sé go mór uirthi,' arsa seisean leis féin, 'dá bhfeicfeadh sí seo … thiocfadh casachtach mhillteanach uirthi

Tá sé uilig tirim agus uilig géar agus uilig garg.

agus ligfeadh sí uirthi féin go raibh an bás aici, ionas nach ndéanfaí ula mhagaidh daoithe. Agus bheadh ormsa ligint orm féin go raibh mé á tabhairt ar ais chun bisigh, nó muna ndéanfainn, ligfeadh sí daoithe féin bás a fháil go fíor, díreach leis an ghus an bhaint asam.'

Agus lean sé ar aghaidh: 'Shíl mé go raibh mé saibhir, le bláth nach raibh a macasamhail le fáil, ach ní raibh agam ach gnáthrós. Sin agus trí bholcán nach dtig ach go dtí na glúine orm; agus ceann acu b'fhéidir ídithe go deo…. Ní fhágann sin gur mórán de phrionsa mé….' Agus luigh sé san fhéar, agus chaoin sé.

XXI

Sin an uair a tháinig an madadh rua chuige.

'Maidin mhaith,' a dúirt an madadh rua.

'Maidin mhaith,' a dúirt an prionsa beag go múinte, cé nach bhfaca sé rud ar bith nuair a chas sé thart.

'Tá mé anseo,' a dúirt glór, 'faoin chrann úll.'

'Cé thusa?' arsa an prionsa beag. 'Tá tú iontach dóighiúil.'

'Is madadh rua mé,' a dúirt an madadh rua.

'Tar a shúgradh liom,' a d'iarr an prionsa beag. 'Tá mé iontach brónach....'

'Ní thig liom súgradh leat,' a dúirt an madadh rua. 'Níl mé clóite.'

'Ó, gabh mo leithscéal,' a dúirt an prionsa beag.

Ach i ndiaidh é meabhrú ar feadh tamaill, arsa seisean: 'Caidé a chiallaíonn *clóite*?'

'Chan as an áit seo thú,' a dúirt an madadh rua, 'caidé tá tú a chuartú?'

'Ag cuartú daoine atá mé,' a dúirt an prionsa beag. 'Caidé an chiall atá le *clóite*?'

'Daoine,' a dúirt an madadh rua, 'bíonn gunnaí acu, agus bíonn siad ag seilg. Ábhar mór imní domhsa. Coinníonn siad cearca fosta. Sin a mbíonn ag cur bhuartha orthu. An ag cuartú cearc atá tusa?'

'Ní hé,' a dúirt an prionsa beag. 'Ag cuartú cairde atá mé. Caidé a chiallaíonn *clóite*?'

'Is gníomh é a ghníthear dearmad de go minic,' arsa an madadh rua. 'Ciallaíonn sé *nascanna a chruthú*.'

'*Nascanna a chruthú*?'

'Sin é go díreach,' a dúirt an madadh rua. 'I dtaca liomsa de, faoi láthair, níl ionatsa ach gasúr beag, díreach cosúil le céad míle gasúr beag eile. Agus níl gá ar bith agam leat. Agus, i dtaca leatsa de, níl gá ar bith agatsa liom. Duitse, níl ionamsa ach madadh rua, cosúil le céad míle madadh rua eile. Ach má chlónn tú mé, ansin beidh gá againn lena chéile. Domhsa ansin, ní bheidh do mhacasamhail le fáil ar an domhan. Duitse, ní bheidh mo mhacasamhailse le fáil ar an domhan....'

'Tá mé ag toiseacht á thuigbheáil,' arsa an prionsa beag. 'Tá an bláth seo ann ... sílim gur chlóigh sí mise....'

'D'fhéadfadh sin tarlú,' a dúirt an madadh rua. 'Ar an Domhan tchí tú achan seort ruda....'

'Ó! Ach níl an bláth seo ar an Domhan,' a dúirt an prionsa beag.

Ní raibh an madadh rua ábalta a chuid suime a chur i bhfolach: 'Ar phláinéad eile?'

'Is é.'

'An bhfuil sealgairí ar an phláinéad sin?'

'Níl.'

'Anois, tá sin suimiúil! An bhfuil cearca ann?'

'Níl.'

'Níl rud ar bith gan locht,' arsa an madadh rua, le hosna.

Ach phill an madadh rua ar an ábhar ar a raibh sé ag smaointiú:

'Tá mo shaolsa iontach leadránach. Bím ag fiach cearc, bíonn fir ag fiach i mo dhiaidhse. Is ionann na cearca uilig, agus is ionann na fir uilig. Agus mar sin de, tá mé rud beag tuirseach de. Ach, má chlónn tusa mé, bheadh sé amhail is dá soilseochadh an ghrian isteach i mo shaol. Aithneochaidh mé fuaim coiscéime a bheas difriúil ó na cinn eile uilig. Cuireann coiscéimeanna eile i mo rith siar faoi thalamh arís mé. Scairteochaidh do chuidse liom a theacht aníos amach as mo bhrocach, cosúil le ceol. Agus amharc ansin: an bhfeiceann tú na cuibhrinn chruithneachta adaí thíos? Ní ithim arán. Níl úsáid ar bith agam le cruithneacht. Ní chuireann na cuibhrinn chruithneachta rud ar bith i gcuimhne domh. Agus tá sin brónach. Ach tá gruaig ortsa ar dhath an óir. Smaointigh chomh hiontach is a bheas sin, nuair a chlónn tú mé! Bhéarfaidh an chruithneacht, atá órga chomh maith, chun cuimhne arís thú. Agus is mé a bhainfeas sult as a bheith ag éisteacht leis an ghaoth sa chruithneacht....'

Stán an madadh rua ar an phrionsa bheag ar feadh tamall fada.

'Le do thoil ... déan mé a chló!' a dúirt sé.

'Ba mhaith liom go mór,' a d'fhreagair an prionsa beag. 'Ach níl mórán ama agam. Tá agam le cairde a dhéanamh, agus agam le cuid mhór rudaí a thuigbheáil.'

'Ní thuigeann duine ach na rudaí a chlónn sé,' a dúirt an madadh rua. 'Níl am ag daoine rud ar bith a thuigbheáil níos mó. Ceannaíonn siad rudaí réamhdhéanta ó na siopaí. Ach níl siopa ar bith a dtig leat cairdeas a cheannacht ann, agus mar sin níl cairde ar bith ag daoine níos mó. Más ag iarraidh carad atá tú, déan mise a chló....'

'Caidé a chaithfeas mé a dhéanamh?' arsa an prionsa beag.

'Caithfidh tú a bheith iontach foighdeach,' a d'fhreagair an madadh rua. 'Ar dtús, suífidh tú giota beag uaim, mar sin, san fhéar. Amharcóchaidh mise ort le ruball mo shúl, agus ní dhéarfaidh tusa dadaidh. Is foinse na míthuisceana iad na focail. Ach, achan lá, suífidh tú píosa beag níos cóngaraí domh....'

Lá arna mhárach tháinig an prionsa beag ar ais.

'Bheadh sé níb fhearr dá dtiocfá ag an am chéanna achan lá,' a dúirt an madadh rua. 'Má thig tú, cur i gcás, ag a ceathair a chlog tráthnóna, beidh mise ansin ar a trí agus mé ar cipíní le lúcháir. Beidh mé ag líonadh le lúcháir de réir mar a théann an uair thart. Fán am a dtig a ceathair a chlog beidh mé ag léimtigh thart le himní agus le buaireamh. Tuigfidh mé an luach a chaithfear díol ar an lúcháir! Ach má thig tú cibé am is mian leat, ní bheidh a fhios agamsa choíche cá huair ba cheart domh mo chroí a fháil réidh le fáilte a chur romhat.... Caithfidh gnásanna a bheith ann.'

'Caidé na rudaí *gnásanna*?' a d'fhiafraigh an prionsa beag.

'Sin rud eile a ndéantar dearmad de go minic,' a dúirt an madadh rua. 'Sin na rudaí a ghní lá amháin difriúil ó na laetha eile, uair amháin difriúil ó uaireanta eile. Tá an gnás seo ann, mar shampla, i measc mo shealgairí: achan Déardaoin théid siad a dhamhsa le girseachaí an bhaile. Bíonn lá ar dóigh agamsa Déardaoin, mar sin! Thig liom imeacht liom ag siúl chomh fada leis na fíonghoirt. Ach dá dtéadh na sealgairí a dhamhsa cibé am ba mhian leo, bheadh achan lá cosúil le achan lá eile agus ní bheadh laetha saoire ar bith agamsa.'

Chlóigh an prionsa beag an madadh rua mar sin. Agus nuair a bhí uair an imeachta buailte orthu: 'Á!' arsa an madadh rua. 'Tá mé ag gabháil a chaoineadh.'

'Tú féin is ciontaí,' a dúirt an prionsa beag. 'Ní raibh mise ag iarraidh go ndéanfaí dochar ar bith duit; ach tú féin a bhí ag iarraidh orm tú a chló….'

'Siud an fhírinne,' a dúirt an madadh rua.

'Ach, tá tú gabháil a chaoineadh!' a dúirt an prionsa beag.

'Siud an fhírinne,' a dúirt an madadh rua.

'Cha dtearn sé maitheas ar bith duit, mar sin!'

'Rinne sé maitheas domh,' a dúirt an madadh rua, 'mar gheall ar dhath na cruithneachta.'

Agus ansin dúirt sé:

'Gabh agus amharc arís ar na rósanna. Tuigfidh tú ansin nach bhfuil macasamhail do róis féin le fáil ar an domhan. Tar ar ais chugam ansin agus fág slán agam, agus bronnfaidh mise rún ort.'

D'imigh an prionsa beag leis arís le hamharc ar na rósanna.

'Níl sibh ar dhóigh ar bith cosúil leis an rós atá agamsa, ní a dhath sibh go dtí seo,' a dúirt sé leo. 'Níor chlóigh duine ar bith sibh agus níor chlóigh sibhse duine ar bith. Tá dálta mo mhadaidh ruaidh oraibh nuair a chas mé leis ar tús. Ní raibh ann ach madadh rua cosúil le céad míle madadh rua eile. Ach rinne mise mo chara de, agus anois níl a mhacasamhail le fáil ar dhroim an domhain.'

Agus bhí náire bheag ar na rósanna.

'Tá sibh galánta, ach tá sibh folamh,' lean sé ar aghaidh. 'Ní thiocfadh le duine bás a fháil ar bhur son. Cinnte, shílfeadh gnáthdhuine ag dul an bealach go raibh mo rós féin díreach cosúil libhse. Ach, inti féin amháin, tá sí níos tábhachtaí ná sibhse uilig curtha le chéile, mar gur uirthise a chuir mé an t-uisce. Mar gur ise a chuir mé faoin chása gloine. Mar gur ise a dtearn mé foscadh daoithe ar chúl scáthláin. Mar gur daoithese a mharaigh mé na péisteanna cáil (taobh amuigh de cheann nó dhó acu, ag súil go dtiocfadh féileacáin astu). Mar gur léithese a d'éist mé nuair a bhí sí ag gearán, nó ag déanamh mórtais, nó fiú amanna agus í ina tost. Mar gurb í mo rós féin í.'

Agus phill sé ar an mhadadh rua.

'Slán leat,' a dúirt sé.

'Slán!' a dúirt an madadh rua. 'Seo dhuit anois mo rún. Tá sé iontach simplí: Is leis an chroí amháin a tchíthear i gceart. Ní féidir an rud is bunriachtanaí a fheiceáil leis an tsúil.'

'Ní féidir an rud is bunriachtanaí a fheiceáil leis an tsúil,' a

Agus luigh sé san fhéar, agus chaoin sé.

dúirt an prionsa beag arís, sa dóigh is go gcoinneochadh sé cuimhne air.

'Is é an t-am atá caite agat le do rós, a ghní do rós chomh tábhachtach sin duit.'

'Is é an t-am atá caite agam le mo rós….' a dúirt an prionsa beag arís, sa dóigh is go gcoinneochadh sé cuimhne air.

'Tá dearmad déanta ag na daoine ar an fhírinne seo,' arsa an madadh rua. 'Ach ná déan thusa dearmad de. Tá tú freagrach go deo as an rud a chlóigh tú. Tá tú freagrach as do rós….'

'Tá mé freagrach as mo rós,' a dúirt an prionsa beag arís, sa dóigh is go gcoinneochadh sé cuimhne air.

XXII

'Maidin mhaith,' a dúirt an prionsa beag.

'Maidin mhaith,' a dúirt an siúntóir iarnróid.

'Caidé a bíos ar bun anseo agatsa?' a d'fhiafraigh an prionsa beag de.

'Sórtálaim lucht taistil i ngrúpaí de mhíle duine ag an am,' arsa an siúntóir iarnróid. 'Na traenacha a iompraíonn na daoine uilig, cuirim na traenacha sin chun bealaigh: cuirim ar dheis iad in amanna; amanna eile cuirim ar clé iad.'

Agus sciúird traein luais loinnreach thart, le tormán mar thoirneach, ag croitheadh chábáin an tsiúntóra.

'Nach orthu atá an deifre mhór,' a dúirt an prionsa beag. 'Caidé tá siad a chuartú?'

'Níl a fhios ag fiú innealtóir na dtraenacha sin,' a dúirt an siúntóir iarnróid.

Agus réab an dara traein luais loinnreach thart an bealach eile.

'An seo iad ag pilleadh cheana féin?' a d'fhiafraigh an prionsa beag.

'Chan an dream céanna iad,' arsa an siúntóir iarnróid. 'Tá malairt déanta acu.'

'Nach raibh siad sásta san áit a raibh siad?' a d'fhiafraigh an prionsa beag.

'Ní bhíonn aonduine choíche sásta san áit a bhfuil sé,' a dúirt an siúntóir iarnróid.

Agus le trup mar rois toirní chuaigh an tríú traein luais thart agus í uilig lasta go loinnreach.

'An bhfuil siad sa tóir ar na chéad taistealaithe?' a d'fhiafraigh an prionsa beag.

'Níl siad sa tóir ar rud ar bith,' arsa an siúntóir iarnróid. 'Tá siad ina gcodladh istigh ansin, nó muna bhfuil siad ina gcodladh tá siad ag méanfaigh. Is iad na páistí amháin atá ag brú a ngaosáin in éadan na bhfuinneog.'

'Is iad na páistí amháin a bhfuil a fhios acu caidé tá siad féin a chuartú,' arsa an prionsa beag. 'Caitheann siad a gcuid ama le bábóg éadaigh agus éiríonn siad iontach tugtha don bhábóg sin; agus má bhaintear díofa í, téann siad a chaoineadh....'

'Tá an t-ádh orthu,' a dúirt an siúntóir iarnróid.

XXIII

'Maidin mhaith,' a dúirt an prionsa beag.

'Maidin mhaith,' a dúirt an mangaire.

Mangaire a bhí ann a dhíoladh na piollaí nua-aimseartha seo a dhéanfadh an tart a choisceadh. Slogann tú siar ceann amháin sa tseachtain agus ní bhíonn fonn óil ort choíche arís.

'Cad chuige a bhfuil tú á ndíol sin?' a d'fhiafraigh an prionsa beag.

'Mar go sábhálann siad cuid mhór ama do dhaoine,' a dúirt

an mangaire. 'Tá sé oibrithe amach ag na saineolaithe. Sábháiltear trí bhomaite is caoga sa tseachtain.'

'Agus caidé a ghnítear leis na trí bhomaite is caoga sin?'

'Thig le duine a rogha rud a dhéanamh....'

'I dtaca liomsa de,' arsa an prionsa beag leis féin, 'dá mbeadh trí bhomaite is caoga saor agamsa le mo rogha rud a dhéanamh, shiúlfainn ar mo shuaimhneas a fhad le tobar fíoruisce....'

XXIV

Ba é an t-ochtú lá é ó bhí an timpiste agam san fhásach, agus d'éist mé leis an scéal fán mhangaire agus mé ag ól siar mo dheoir dheireanach uisce.

'Á!' a dúirt mé leis an phrionsa bheag. 'Tá na cuimhní seo atá agat iontach deas, ach char éirigh liomsa m'eitleán a chóiriú go fóill; níl aon deoir uisce fágtha agam le hól; agus bheinnse fosta iontach sásta siúl ar mo shuaimhneas a fhad le tobar fíoruisce!'

'Mo chara, an madadh rua...,' arsa seisean liom.

'A fhir bhig, dheamhan baint aige seo leis an mhadadh rua feasta!'

'Cad chuige?'

'Mar go bhfuil muid ag gabháil a fháil bháis leis an tart....'

Níor thuig sé caidé bhí mé a mhaíomh, agus d'fhreagair sé:

'Is maith an rud é go raibh cara ag duine, fiú má tá tú ag gabháil a fháil bháis. Tá lúcháir orm amach ó mo chroí go raibh madadh rua mar chara agam....'

'Ní thuigeann sé an dainséar,' a dúirt mé liom féin. 'Ní bhíonn choíche ocras ná tart air. Ní bhíonn a dhíth air ach dealramh beag gréine....'

Ach thug sé amharc orm agus d'fhreagair sé mo chuid smaointe:

'Tá tart ormsa fosta ... goitse go gcuartóchaidh muid tobar....'

Rinne mé comhartha leis a chuirfeadh mo thuirse in iúl: níl ann ach amaidí a bheith ag cuartú tobair i bhfairsingeacht an fhásaigh gan agat ach buille fá thuairim. Ach, mar sin féin, thoisigh muid a shiúl.

I ndiaidh dúinn a bheith ag siúl ar feadh chupla uair an chloig sa tsuaimhneas, thit an oíche agus thoisigh na réaltógaí a theacht amach. Dhearc mé orthu mar bheinn i mbrionglóid, de bharr fiabhras beag a bheith orm siocair an tarta. Dhamhsaigh focail an phrionsa bhig i mo chuimhne.

'Tá tart ortsa fosta, mar sin?' a d'fhiafraigh mé de.

Ach níor fhreagair sé mo cheist. Cha dtearn sé ach a ráit go simplí:

'D'fhéadfadh an t-uisce fosta a bheith maith don chroí....'

Níor thuig mé a fhreagra ach níor dhúirt mé dadaidh. Bhí a fhios agam go breá nach raibh maith a bheith á cheistiú.

Bhí sé tuirseach. Shuigh sé. Shuigh mise síos ag a thaobh. Agus, i ndiaidh ciúineas beag, labhair sé arís:

'Tá na réaltógaí go hálainn mar gheall ar bhláth nach féidir a fheiceáil.'

D'fhreagair mé: 'Tá sin fíor.' Agus gan tuilleadh a rá, d'amharc mé amach ar na droimeanna gainimh faoi sholas na gealaí.

'Tá an fásach galánta,' a dúirt an prionsa beag ansin.

Agus bhí an fhírinne aige. Bhí dúil mhór agam ariamh san fhásach. Suíonn tú síos ar mhéile gainimh. Ní bhíonn a dhath le feiceáil. Ní bhíonn a dhath le cluinstin. Ach, mar sin féin, bíonn rud inteacht ag preabadh agus ag loinnriú sa tsuaimhneas....

'An fáth a bhfuil an fásach chomh galánta,' a dúirt an prionsa beag, 'ná go bhfuil tobar i bhfolach áit inteacht ann....'

Tháinig iontas orm fán tuigbheáil thobann a fuair mé don loinnir mhistéireach sin a bhí ag teacht ón ghaineamh. Nuair a bhí mé i mo ghasúr bheag, bhí cónaí orm i seanteach ársa, agus de réir na scéalta, bhí saibhreas curtha i dtaisce ann. Dar ndóigh, níor tháinig aonduine ar an taisce sin ariamh; nó b'fhéidir nár chuartaigh siad ariamh í. Ach, bhí draíocht ag baint leis an teach uilig dá barr. Bhí rún ag mo theach a bhí i bhfolach ina chroí....

'Is é,' a dúirt mé leis an phrionsa bheag, 'an teach, na réaltógaí, an fásach — gheibh siad uilig a gcuid áilleachta ó rud nach féidir a fheiceáil!'

'Tá lúcháir orm,' a dúirt sé, 'go n-aontaíonn tú le mo mhadadh rua.'

Agus an prionsa beag ag titim ina chodladh, thóg mé idir mo dhá lámh é agus lean mé liom ar mo bhealach arís. Bhí tocht

Rinne sé gáire, bheir sé ar an rópa agus chuir an ulóg ar obair.

trom ar mo chroí. Mhothaigh mé go raibh taisce shobhriste á hiompar agam. Mhothaigh mé fiú, nach raibh rud ar bith chomh sobhriste leis ar an domhan mhór. D'amharc mé ar an phrionsa bheag, faoi sholas na gealaí; a aghaidh mheáite, a dhá shúil druidte, a fholt gruaige ag creathadh san aer, agus dúirt mé liom féin: 'Ní fheicim anseo ach sliogán. Ní féidir an rud is bunriachtanaí a fheiceáil leis an tsúil....'

Agus a bhéal leathfhoscailte mar a bheadh draothadh beag gáire air, arsa mise liom féin arís: 'An rud is mó a chorraíonn mé faoin phrionsa bheag atá ina chodladh anseo, ná a dhílseacht do bhláth — an íomhá de rós a shoilsíonn fríd a bheatha uilig, mar a bheadh bladhaire ar lampa, fiú agus é ina chodladh....'

Agus mhothaigh mé go raibh sé níos sobhriste ná mar a bhí ariamh. Tá orainn na lampaí a chosaint, mar go séidfeadh puth gaoithe as iad....

Agus mé ag siúl liom ar mo choiscéim mar sin, tháinig mé ar an tobar, le bánú an lae.

XXV

'Plódaíonn na daoine,' a dúirt an prionsa beag, 'isteach i dtraenacha luais, ach ní bhíonn a fhios acu caidé a bíos siad a chuartú. Éiríonn siad chomh tógtha sin is go mbíonn siad ag teacht thart agus thart i gciorcal....'

Agus arsa seisean:

'Ní fiú an saothar é....'

Ní raibh an tobar a dtáinig muid a fhad leis cosúil le gnáth-thobar an tSahára. Ní bhíonn i dtoibreacha an tSahára ach poill sa ghaineamh. Bhí an ceann seo cosúil le tobar a gheobhfá i mbaile beag. Ach ní raibh baile beag ar bith anseo, agus shíl mé gur ag brionglóidigh a bhí mé.

'Nach iontach seo,' a dúirt mé leis an phrionsa bheag. 'Tá achan rud réidh le húsáid: an ulóg, an bhucáid, an rópa....'

Rinne sé gáire, bheir sé ar an rópa agus chuir an ulóg ar obair. Agus rinne an ulóg gliúrascnach cosúil le seanchoileach gaoithe nár shéid an ghaoth air le tamall fada.

'An gcluin tú?' a dúirt an prionsa beag. 'Mhuscail muid an tobar agus tá sé ag ceol....'

Níor mhaith liom go gcuirfeadh sé barraíocht de shaothar air féin:

'Fág agamsa é,' a dúirt mé. 'Tá sé róthrom agat.'

D'ardaigh mé an bhucáid go fadálach go himeall an tobair. D'fhág mé síos ansin go breá socair í. Bhí an ulóg go fóill ag gabháil cheoil i mo chluasa agus an ghrian ag damhsa ar bharr an uisce a bhí go fóill ar crith sa bhucáid.

'Tá tart orm don uisce sin,' a dúirt an prionsa beag. 'Tabhair domh braon beag le hól....'

Agus thuig mé caidé bhí sé a chuartú!

Thóg mé an bhucáid go dtína bhéal. D'ól sé, a shúile druite. Bhí sé chomh milis le féasta breá ar bith. B'fhearr i bhfad an t-uisce seo ná an gnáthchothú. Tháinig sé chugainn ón tsiúl faoi na réaltógaí, ó cheol na hulóige, ó shaothar mo lámh. Bhí sé maith don chroí, cosúil le bronntanas. Nuair a bhí mise i mo ghasúr bheag, ba iad soilse an chrainn Nollag, ceol Aifreann an mheán oíche, cineáltas na n-aghaidheanna gealgháireacha, ba iad na rudaí sin uilig ba chúis leis an loinnir a thiocfadh ó na bronntanais Nollag a fuair mé.

'Na daoine san áit a bhfuil tusa i do chónaí,' a dúirt an prionsa beag, 'fásann siad cúig mhíle rós sa gharradh amháin, ach ní bhíonn siad ábalta an rud atá siad a chuartú a fháil.'

'Ní bhíonn siad ábalta é a fháil,' a dúirt mé.

'Agus, mar sin féin, d'fhéadfadh siad an rud atá siad a chuartú a fháil i rós beag amháin, nó i mbolgam uisce.'

'Is fíor sin, cinnte,' a dúirt mé.

Agus, ansin, dúirt an prionsa beag:

'Ach, tá na súile dall. Caithfear cuartú leis an chroí....'

Bhí mo sháith uisce ólta agam. Fuair mé m'anáil liom arís. Bíonn dath na meala ar an ghaineamh le héirí na gréine. Bhí an dath sin ag cur lúcháire orm fosta. Caidé, mar sin, a ba chúis leis an mhothú bróin a tháinig orm...?

'Caithfidh tú an gheallúint a thug tú domh a choinneáil anois,' a dúirt an prionsa beag liom go mín agus é ag suí síos le mo thaobh.

'Cén gheallúint í seo?'

'Tá a fhios agat ... mantóg do mo chaora ... tá mé freagrach as an rós seo!'

Thóg mé na dréachtaí garbha líníochta as mo phóca. D'amharc an prionsa beag fríofa agus dúirt le gáire:

'Do chuid baobabanna, amharcann siad rud beag cosúil le cabáistí.'

'Ó!'

Agus mise chomh bródúil as mo chuid baobabanna!

'Do mhadadh rua ... a chluasa ... tá siad rud beag cosúil le hadharca ... agus tá siad rófhada!'

Agus rinne sé gáire arís.

'Níl tú ceart ná cóir, a phrionsa bhig,' a dúirt mé leis. 'Níl sé ar mo chumas rud ar bith a tharraingt ach nathracha ón taobh amuigh agus nathracha ón taobh istigh.'

'Ó, beidh sin ceart go leor,' a dúirt sé, 'tuigeann na páistí.'

Ansin tharraing mé léaráid de mhantóg. Agus bhí mo chroí briste agus mé á tabhairt dó.

'Tá pleananna agat nach bhfuil a fhios agamsa faofa,' a dúirt mé.

Ach níor fhreagair sé mé. Ina áit sin, arsa seisean:

'Tá a fhios agat mar a thit mé anuas go dtí an Domhan … beidh sé cothrom agus bliain sa lá amárach.'

Ansin, i ndiaidh tost gairid, lean sé air:

'Tháinig mé anuas iontach cóngarach don áit seo....'

Agus dhearg sé.

Agus arís, gan tuigbheáil agam cad chuige, mhothaigh mé brón coimhthíoch. Mar sin féin, tháinig ceist amháin chugam:

'Ní de sheans, mar sin, a bhí tú ag siúl leat féin an mhaidin sin ar bhuail mé leat den chéad uair, ocht lá ó shin, agus tú na mílte míle ó áit chónaithe ar bith? An ag pilleadh ar an áit ar thit tú go talamh a bhí tú?'

Las an prionsa beag arís.

Dúirt mé, agus stad i mo ghlór:

'B'fhéidir, cionnas é a bheith bliain sa lá amárach?'

D'éirigh an prionsa beag dearg arís. Ní thugann sé freagra ar cheisteanna in am ar bith, ach nuair a éiríonn duine dearg san aghaidh, ciallaíonn sin 'is é', nach gciallaíonn?

'Á,' a dúirt mé leis, 'tá eagla orm....'

Ach d'fhreagair sé mé:

'Anois, tá obair le déanamh agatsa. Caithfidh tú a ghabháil ar ais chuig d'inneall. Beidh mise ag fanacht leat anseo. Tar ar ais tráthnóna amárach....'

Ach ní raibh mé iomlán ar mo shuaimhneas. Chuimhnigh mé ar an mhadadh rua. Tá duine i gcontúirt deoir bheag a chaoineadh, má ligeann sé dó féin a bheith clóite.

XXVI

Bhí fothrach de sheanbhalla cloiche in aice an tobair. Nuair a phill mé ó mo chuid oibre, an oíche dár gcionn, chonaic mé, i bhfad uaim, mo phrionsa beag ina shuí ar bharr an bhalla sin, agus a chosa crochta síos leis. Chuala mé ag caint é:

'Ní cuimhin leat, mar sin,' a dúirt sé. 'Ní hé seo an áit cheannann chéanna!'

Caithfidh sé go dtug glór eile freagra air ansin nó d'fhreagair sé:

'Is é cinnte! An lá ceart atá ann, ach ní hé seo an áit cheart....'

Shiúil mé liom ag tarraingt ar an bhalla. Ní fhaca mé ná ní chuala mé duine ná deoraí. Ach, d'fhreagair an prionsa beag arís:

'Go díreach. Tchífidh tú an áit a dtoisíonn mo chuid lorgacha sa ghaineamh. Níl le déanamh agat ach fanacht liom ag an áit sin. Beidh mé ann anocht.'

Ní raibh mise ach fiche slat ón bhalla agus gan rud ar bith le feiceáil agam go fóill.

Labhair an prionsa beag arís i ndiaidh tamaill ina thost:

'Tá nimh mhaith agat? Tá tú cinnte nach mbeidh mé ag fulaingt rófhada?'

Stad mé go tobann, mo chroí réidh le briseadh, ach go fóill níor thuig mé.

'Anois, bog leat,' a dúirt an prionsa beag. 'Tá mé ag iarraidh a ghabháil síos ón bhalla.'

Ansin d'amharc mé síos go bun an bhalla agus baineadh léim asam! Ansin romham, agus a aghaidh leis an phrionsa bheag, bhí ceann de na nathracha buí sin a chuirfeadh deireadh leat taobh istigh de thríocha soicind. Thug mé rúide chun tosaigh agus mé ag rúscáil i mo phóca le mo ghunna a tharraingt

Anois, bog leat …
tá mé ag iarraidh a ghabháil síos ón bhalla.

ach leis an trup a rinne mé, shnigh an nathair go héadrom isteach sa ghaineamh mar a thitfeadh scaird uisce ó fhuarán agus, gan mórán de dheifre air, shleamhnaigh sé leis idir na clocha agus trup éadrom miotalach as.

Shroich mé an balla díreach in am le breith ar mo ghasúr beag i mo lámha; a aghaidh chomh geal le sneachta.

'Caidé tá ag gabháil ar aghaidh anseo? Ag caint le nathracha nimhe atá tú anois!'

Scaoil mé an scairf óir a bhíodh á caitheamh aige i gcónaí. Bhí mé i ndiaidh a chuid uisinní a fhliuchadh agus deoch uisce a thabhairt dó le hól. Agus anois, ní raibh uchtach agam níos mó ceisteanna a chur air. D'amharc sé orm go tromchúiseach agus chuir a lámha thart ar mo mhuineál. Mhothaigh mé a chroí ag preabadaigh cosúil le croí éin ag fáil bháis i ndiaidh a scaoilte le hurchar raidhfil. Dúirt sé liom:

'Tá lúcháir orm go bhfuair tú amach caidé bhí contráilte le d'inneall. Beidh tú ábalta pilleadh 'un an bhaile anois....'

'Caidé an dóigh a raibh a fhios agat sin?'

Bhí mé díreach ag teacht le hinse dó go raibh an lá liom san obair a bhí ar bun agam, d'ainneoin achan rud!

Ní thug sé freagra ar mo cheist ach dúirt:

'Tá mise fosta ag pilleadh 'un an bhaile inniu....'

Ansin, lean sé leis go brónach:

'Tá sé i bhfad níos faide i gcéin ... i bhfad níos deacra....'

Bhí a fhios agam go raibh rud inteacht iontach neamhghnách ag tarlú. Bhí mé á choinneáil go docht i mo lámha mar a bheadh naíonán beag ann, ach, ag an am chéanna, chonacthas domh go raibh sé á chaitheamh féin ar mhullach a chinn isteach sa duibheagán agus nach dtiocfadh liom rud ar bith a dhéanamh lena choinneáil siar....

Bhí amharc dáiríre sna súile aige, faoi mar a bheadh siad caillte i rud inteacht i bhfad i gcéin.

'Tá do chaora agam. Agus tá bocsa na caorach agam. Agus tá an mhantóg agam....'

Agus rinne sé gáire cumhaidhiúil liom.

D'fhan mé tamall fada. Chonaic mé go raibh sé ag teacht chuige féin, giota ar ghiota.

'A fhir bhig, a chroí, tá eagla ort....'

Bhí eagla air, ní raibh amhras ar bith fá sin. Ach rinne sé gáire beag éadtrom.

'Beidh i bhfad níos mó eagla orm anocht....'

Fágadh sioctha go smior arís mé mar gur mhothaigh mé nach raibh leigheas ar bith ar an scéal. Agus thuig mé nach dtiocfadh liom glacadh leis nach gcluinfinn a gháire arís. Bhí sé mar thobar fíoruisce agam san ghaineamhlach.

'A fhir bhig, ba mhaith liom do gháire a chluinstin arís.'

Ach arsa seisean liom:

'Beidh sé bliain cothrom anocht. Beidh mo réaltóg le feiceáil ansin díreach os cionn na háite a dtáinig mé anuas ar an Domhan, bliain sa lá inniu....'

'A fhir bhig, inis domh nach bhfuil ann seo uilig ach droch-bhrionglóid, an gnaithe seo leis an nathair nimhe agus an láthair cruinnithe agus an réaltóg....'

Ach ní thug sé freagra orm. Arsa seisean liom:

'An rud atá tábhachtach ná an rud nach féidir a fheiceáil....'

'Is fíor sin....'

'Is ionann é agus an bláth. Má bhíonn grá agatsa do bhláth atá ina cónaí ar réaltóg, is aoibhinn an rud a bheith ag amharc suas ar an spéir san oíche. Bíonn achan réaltóg faoi bhláth.'

'Is fíor sin....'

'Is ionann é agus an t-uisce. An braon a thug tú domh le hól bhí sé cosúil le ceol, mar gheall ar an ulóg agus ar an rópa … is cuimhin leat é … is é a bhí maith.'

'Is fíor sin….'

'Amharcóchaidh tú suas ar na réaltógaí san oíche. Tá m'áit chónaithese chomh beag agus nach dtig liom a thaispeáint duit cá bhfuil sí. Sin mar is fearr é. Beidh mo réaltógsa díreach cosúil le achan réaltóg eile agat. Agus, dá bhrí sin, bainfidh tú sult as a bheith ag amharc ar na réaltógaí uilig…. Beidh siad uilig mar chairde agat. Agus, lena chois sin, tá mé ag gabháil a thabhairt bronntanais duit….'

Agus rinne sé gáire eile.

'Á! A fhir bhig, a thaisce bheag! Is breá liom an gáire sin a chluinstin!'

'Sin é go díreach mo bhronntanas. Beidh sé díreach mar a bhí leis an uisce….'

'Caidé atá tú a mhaíomh?'

'Tá réaltógaí ag achan duine, ach ciallaíonn siad rudaí difriúla do dhaoine difriúla. Daofa siud a bhíonn ag taisteal, bheir na réaltógaí treoir. Do dhaoine eile, níl iontu ach soilse beaga sa spéir. Do scoláirí, is fadhbanna iad. Do m'fhear gnó, bhí siad mar phíosaí óir ann. Ach, tá réaltógaí s'acusan uilig ciúin. Beidh na réaltógaí agatsa ar bhealach nach bhfuil siad ag duine ar bith eile….'

'Caidé is ciall duit?'

'Nuair a amharcann tú ar an spéir san oíche, siocair go mbeidh cónaí ormsa i gceann acu, siocair go mbeidh mise ag gáire ar cheann acu, beidh sé mar a bheadh na réaltógaí uilig ag gáire. Is agatsa, agus is agatsa amháin a bheas réaltógaí a dtig leo gáire!'

Agus rinne sé féin gáire eile.

'Agus nuair a bheas sólás agat ón bhrón (tig faoiseamh ar gach brón le ham) beidh tú sásta gur chuir tú aithne orm. Beidh tú mar chara agam a choíche. Beidh tú ag iarraidh a bheith ag gáire liom. Agus, corruair, fosclóchaidh tú d'fhuinneog leis an phléisiúr sin a fháil ... agus beidh iontas ceart ar do chairde thú a fheiceáil ag gáire agus thú ag amharc suas ar an spéir! Ansin, déarfaidh tú leo: "Is é, cuireann na réaltógaí a gháire i gcónaí mé!" Agus sílfidh siad gur chaill tú do chiall. Cleas suarach a bheas imeartha agam ort....'

Agus chuaigh sé a gháire arís.

'Beidh sé amhail is go dtug mé léar cloigíní beaga duit a bhí ábalta gáire, in áit na réaltóg.'

Agus rinne sé gáire arís, ach d'éirigh sé dáiríre ansin go gasta:

'Anocht ... tá a fhios agat ... ná tar.'

'Ní fhágfaidh mé thú.'

'Beidh drochchuma orm ... beidh cuma an bháis orm ar bhealach. Sin mar atá. Ná tar le sin a fheiceáil, ní fiú an trioblóid é....'

'Ní fhágfaidh mé thú.'

Ach tháinig imní air.

'Tá mé á inse seo duit ... mar gheall ar an nathair nimhe. Coimheád nach mbaineann sí greim asat.... Na nathracha, tá siad diabhalta. Bhainfeadh siad greim asat le tréan spóirt.'

'Ní fhágfaidh mé thú.'

Ach smaointigh sé ar rud inteacht a thug croí dó:

'Is dóiche nach mbíonn tuilleadh nimhe fágtha acu don dara greim.'

Chan fhaca mé é ag bualadh an bhóthair an oíche sin. D'éalaigh sé uaim gan fuaim a dhéanamh. Nuair a bheir mé air

sa deireadh bhí sé ag siúl leis go ceanndána agus céim sciobtha leis. Níor dhúirt sé ach:

'Á! Tháinig tú....'

Agus bheir sé greim láimhe orm. Ach bhí buaireamh air go fóill:

'Níor cheart duit a theacht. Beidh tú buartha. Beidh an chuma orm go bhfuil mé marbh agus ní hamhlaidh a bheas....'

Bhí mise i mo thost.

'Tuigeann tú. Tá sé rófhada ar shiúl. Ní thig liom an cholainn seo a iompar liom. Tá sé róthrom.'

Níor dhúirt mé dadaidh.

'Ach, beidh sé mar a bheadh seansliogán tréigthe ann. Níl rud ar bith brónach fá sheansliogán....'

D'fhan mise i mo thost.

Tháinig beaguchtach air. Ach thug sé iarracht amháin eile:

'Beidh sé iontach deas, tá a fhios agat. Beidh mise ag amharc ar na réaltógaí fosta. Beidh na réaltógaí uilig mar thoibreacha a bhfuil ulógaí meirgeacha orthu. Doirtfidh na réaltógaí uilig amach braon domh le hól....'

D'fhan mé i mo thost.

'Beidh cuideachta ar dóigh ann! Beidh cúig chéad milliún cloigín beag agatsa agus beidh cúig chéad milliún tobar fíoruisce agamsa....'

Agus bhí seisean ansin ina thost, mar go raibh sé ag caoineadh....

'Seo anois é. Lig domh imeacht liom féin.'

Agus shuigh sé síos, mar go raibh eagla air. Ansin, labhair sé arís:

'Tá a fhios agat ... mo bhláth ... tá freagracht orm aire a thabhairt daoithe! Tá sí chomh lag. Agus tá sí chomh soineanta! Tá ceithre dhealg aici, nach fiú dadaidh iad lena cosaint ar an tsaol mhór....'

Shuigh mise síos fosta, mar nach dtiocfadh liom seasacht níb fhaide. Ar seisean:

'Anois ... sin a bhfuil ....'

Theip na focail air arís, ansin d'éirigh sé. Thug sé coiscéim amháin. Ní thiocfadh liom bogadh.

Níor tharla ach go raibh splanc bhuí ann in aice a mhurnáin.

D'fhan sé gan bogadh ar feadh mionán beag. Níor scairt sé amach. Thit sé chomh héadrom mar a thiteas crann. Cha dtearn sé fiú fuaim, mar gheall ar an ghaineamh.

XXVII

Agus anois, dar ndóigh, tá tréimhse shé mblian istigh cheana féin.... Níor aithris mé an scéal seo ariamh go dtí anois. Bhí lúcháir mhór ar mo chomrádaithe mé a fheiceáil beo nuair a phill mé. Bhí mé brónach ach dúirt mé leo: 'An tuirse is cúis leis....'

Anois tá faoiseamh beag agam ó mo bhrón. Sin le ráit ... níl go hiomlán. Ach tá a fhios agam gur phill sé ar a phláinéad, mar, le bánú an lae, ní bhfuair mé a chorp. Ní raibh a chorp chomh trom sin.... Agus san oíche, is maith liom a bheith ag éisteacht leis na réaltógaí. Tá sé cosúil le cúig chéad milliún cloigín beag....

Ach cogair, tharla rud iontach amháin. An mhantóg sin a tharraing mé don phrionsa bheag, rinne mé dearmad an strap leathair a chur air! Mar sin de, ní bheadh sé choíche ábalta í a cheangal dá chaora. Agus anois, bím de shíor ag smaointiú: 'Caidé atá ag tarlú ar a phláinéad? B'fhéidir gur ith an chaora an bláth....'

Corruair, deirim liom féin: 'Nach cinnte nár ith! Cuireann an prionsa beag a bhláth faoi chása gloine achan oíche; agus coinníonn sé súil ghéar ar a chaora....' Ansin, bím sásta. Agus bíonn na réaltógaí uilig ag gáire os íseal.

Ach, corruair eile, deirim liom féin: 'Thig le duine a bheith dearmadach, anois agus arís, agus sin a mbíonn de dhíobháil! Tráthnóna beag amháin rinne sé dearmad den chása gloine, nó, bhris an chaora amach san oíche gan trup a dhéanamh....' Agus ansin athraíonn na cloigíní beaga go deora....

Nach iontach an rúndiamhair í seo. Duitse, a bhfuil grá agat fosta don phrionsa bheag, agus domhsa, ní bheidh rud ar bith

Thit sé chomh héadrom mar a thiteas crann.

sa cheathairchruinne mar an gcéanna arís, má tá caora ann, nach bhfaca muid ariamh, áit inteacht, ag Dia atá a fhios cá háit, a bhfuil, nó nach bhfuil, rós ite aici.

Amharc suas ar an spéir. Cuir an cheist ort féin. Ar ith nó nár ith? Ar ith an chaora an bláth? Agus tchífidh tú an dóigh a n-athraíonn achan rud....

Agus ní thuigfidh duine fásta ar bith choíche caidé chomh tábhachtach agus atá sin!

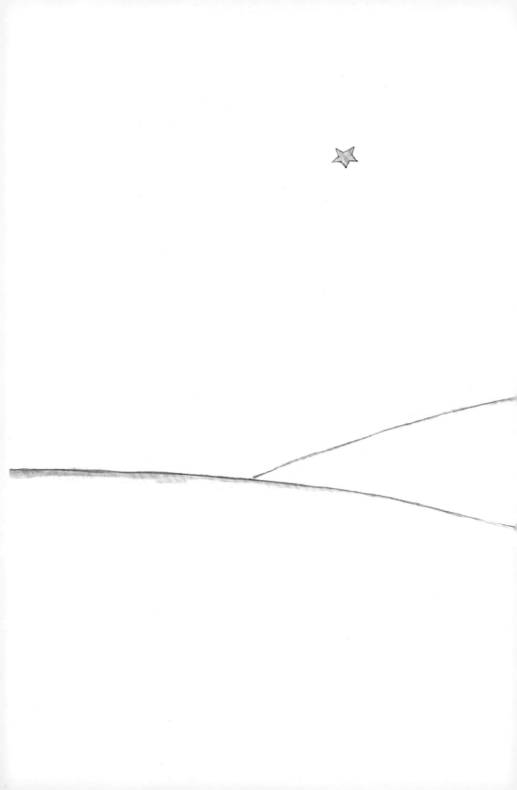

Dar liomsa go bhfuil an radharc tíre sin ar an radharc tíre is deise agus is brónaí ar domhan. Tá sé díreach cosúil leis an radharc tíre atá ar an leathanach roimhe, ach tharraing mé arís é nó go bhfuigheadh sibh é a fheiceáil go maith. Seo an áit ar an domhan ar nocht an prionsa beag agus as seo a shíolthaigh sé.

Amharc go cúramach air sa dóigh is go mbeidh tú cinnte é a aithint má bhíonn tú choíche ag taisteal go gaineamhlach na hAfraice. Agus má tharlaíonn duit a bheith san áit seo, iarraim ort, le do thoil, gan imeacht fá dheifre — fan tamall beag, díreach faoin réaltóg. Ansin, má thig gasúr beag chugat agus é ag gáire, gruaig ar dhath an óir air, gasúr beag nach dtugann freagra ar cheisteanna, beidh a fhios agat cé é féin. Dá mba i ndán is go dtarlóchadh seo, bí cineálta liom! Ná fág brónach go deo mé: scríobh chugam go gasta agus inis domh gur phill sé....

GLUAIS

Bheirtear liosta d'fhocail agus de leaganacha Ultacha sa ghluais seo agus a bhfoirmeacha sa Chaighdeán Oifigiúil. Baintear úsáid as leaganacha Conallacha den bhriathar, ar nós na bhfoirmeacha Ultacha atá molta ag A.J. Hughes in *Leabhar Mór Bhriathra na Gaeilge* (2008).

Adaí = úd.
Achan = gach aon.
Aistíoch = aisteach.
Áirid = áirithe.
Aonduine = aon duine.
Ariamh = riamh.
Aroimhe = roimhe.
Baoideach = bídeach.
Bheir[1], beireadh uirthi = rug, rugadh uirthi.
Bheir[2] = tugann. Bhéarfaidh = tabharfaidh.
Bíos = bhíos = a bhíonn.
Bocsa = bosca.
Bomaite = nóiméad.
Bonnaí = boinn (*iol.*).
Buaireamh = buairt.
Bucáid = buicéad.
Buideál = buidéal (*iol.* buideáil = buidéil).
Caidé = cad é.
Cása = cás.
Ceannacht = ceannach.
Cha, chan, char = ní, níor.
Cionnas = cionn is.
Cliú = clú.
Cuartaigh, cuartú = cuardaigh, cuardach.
Cumhaidh (*bain.*) (*gin.* cumhaidhe) = cumha.
Cupla = cúpla.
Dadaidh = dada.
Dálta = dála (dáil).
Daofa = dóibh.
Daoithe = di (*réamhfhocal*: do).
Deifre = deifir.
Dhéanfaidh = déanfaidh.
Díofa = díobh.
Dithe = di (réamhfhocal: de).
Domh = dom.
(Is) dóiche = (is) dócha.
(Go) dtearn = (go) ndearna.
Éaló = éalú.
Éideadh = éide.
Eiteogaí. Ar eiteogaí = ag eitilt.
Fá = mar gheall air.
Fá dear = faoi deara.
Faiteach = cúthail.
Fairsingeacht = fairsinge.
Falsa = leisciúil.
Faofa = fúthu.
Fiachadh = gá, fiach.
Foighid = foighne.

Foscailte = oscailte.
Fríd, fríofa = tríd, tríothu.
Furast = furasta.
Garradh = garraí.
Gaosán = srón.
Gheibh = faigheann.
Ghní, ghníthear = déanann, déantar.
Goitse, goitsigí = gabh anseo, gabhaigí anseo.
Gnaithe, gnaitheach = gnó, gnóthach.
Gualainn (*iol.* guailneacha = guaillí).
Inse = insint.
Ind = India.
Inteacht = éigin.
Lá (*iol.* laetha = laethanta).
Leabhar (*iol.* leabharthaí = leabhair).
Leanstan = leanúint.
Léar = lear.
Leofa = leo.
Léimtí = léimneach.
Loinnreach = lonrach.
Madadh = madra.
Muscail = múscail.
Muscladh = múscailt.
Pill = fill.
Pioctúir = pictiúr (*iol.* pioctúirí = pictiúir).
Ráit = rá.
Rua (*gin.* ruaidh = rua).
Ruball = eireaball.
Seasacht = seasamh.
Seasaigh = seas.
Seort = sórt.
Scríste = scíth.
Sioparnaigh = siobarnaí.
Smaointiú, smaointigh = smaoineamh, smaoinigh.
Soilse = splanc tintrí. (*Soilseach* a deirtear).
Stróc = stróic.
Tchí, tchífidh = feiceann, feicfidh.
Thaire = thar.
Théid, a théid = téann, a théann.
Tig = tagann.
Toisigh, toiseacht = tosaigh, tosú.
(Tólamh) i dtólamh = i gcónaí.
Tom (*iol.* tomanna = toim).
Tuige = fáth.
Tuigbheáil = tuiscint.
Tuigsineach = tuisceanach.
Uilig = uile.